KB273904

우린 천둥의 밤을 지나온 자들이어서

우린 천둥의 밤을 지나온 자들이어서
4·3 레퀴엠

허영선 지음

마음의숲

시인의 말

허영선

그날을 건너온 여자들과 아이들은
그날들 이후
매일의 전쟁 투사가 되었다.
그날들은
천둥 같은 수식은 한참 모자랐다.
벼락이라 해보니 그도 모자랐다.
대체,
글도 말도 대리하지 못했으니.
어쩔 것인가.
그런데도, 돌레떡만 한 달빛이,
이파리 사이로 쏘여주던 한 축 별빛이
길 위의 어린 심장을 안아주었던 것은 맞았다.

그날들 이후 돌아오지 못한 슬픈 그들에게,
천둥의 밤을 건너온 사람들에게,
모든 전쟁을 살아낸 여자들과 아이들에게
그럼에도 한 줄 찬란이 닿기를 바라는 마음으로.

2026년 3월에
허영선

차례

제2부

제1부

양하꽃*

춘자에게

보거라 춘자야

너는 마을에서 제일 예쁘단 일곱 살 어쩌자고 양하
속으로 뛰어든 것이냐 그 누구도 살아남을 수 없던 초
토화의 그날 하필 이 속이었냐 사흘 낮 사흘 밤 다 죽
었던 내가, 겨우 가늘게 숨만 붙었던 내가, 작은 구덩
이에 너희들 뉘여놓고 말았구나 단언컨대 이 에미 그
날 이후 밥상 위에 그 향 한번 올린 적 없구나 쫑긋쫑
긋 노랑 솜양지꽃 눈뜨는 시절 덤벙진 우영팟 연초록
에 눈이 찔렸다 파릇파릇 양하에 든 그 순간 그것들
한 마디만 더 자라 네 머리카락 덮어줬더라면 조랑조
랑 작은 두 개의 구덩이에 오늘 같은 붉은 꽃 피우지
않았겠지 양하꽃대 한사코 올라올 적마다 네 겁 질린
눈동자 꾹 참은 숨소리 새들도 숨을 참았지 바시락 댓
잎 소리 스치던 푸르딩딩 올레에 양하밭 폭폭폭 총대
가리 후비던 그날 이후 다신 발을 옮길 수 없었다 춘
자야 일곱 매듭 도리도리 돌리지 못한 에린 것아 에미
홀로 양하밭 틈새에서 한 톨 콩처럼 튕겨 나와 웅얼거
리는 돔박새 눈알 같은 네 눈망울 찾았다 봄눈의 양하
너른 이파리 속 네 윤나는 머리카락 찾았다 그날 이후
쿵쿵 터지는 봄 고랑에선 더 이상 아린 향이 나지 않
았다 추석 명절 양하 접시 희부연 보랏빛 파르르 떨리
는 박피 안 한 그것, 고여있는 그것을 만져 본다 이파

리로 내려앉는 잿빛 하늘 한 장 보랏빛 어느새 하얗게
다시 오는구나 나는 가고 너는 반짝이는 꽃살로 다시
돌아오는구나 그러니 그만 부디 춘자야

•

생강과의 여러해살이풀. 제주말로 '양애'라고도 불린다. 주로 늦여
름부터 초가을 사이에 수확되어 제주에서는 추석 때면 차례상에 오
르는 제수용 음식으로도 쓰인다. 어린줄기와 꽃봉오리를 무치거나
데쳐서, 혹은 절여서 먹는다.

모자 쓴 여자

사람들은 날 모자 쓴 여자라 부르지

사람들은 모르지
모자 속에 또 모자가 있다는 걸
모자 속에 깊은 늪지대가 있다는 걸

미친 폭풍우가 나의 지붕을 벗기기 전까진
내 몸의 탯줄이 끊어지기 전까진
모자 속에 분화구가 생기기 전까진
난 전혀 다른 동그란 여자
조릿대마저 갈기갈기 찢어버린 폭풍우가
머리카락 한 올의 순간으로 몰아쳤어

난 모자 쓴 여자
사람들은 모르지
모자 속 분화구에
또 하나의 산이 있다는 걸
단숨의 폭풍에 움푹 패인 분화구를 이고 살아서

아무도 모르겠지만
내 머릿속엔
언제든 터지기 직전의 용암덩이가 부글거리지

사랑을 뺏은 적도 없이
사랑을 빼앗기더니
그 자리에 무참한 분화구가 자리 잡았지
뜨거움을 감당 못 하는 나의 분화구
사람들은 모르지
부글부글 끓는 분화구의 푸른 불길을
난 삽시에 뺏긴 한 사람 기다리지
양복장인 꿈꾸던,
당신이라 한 번도 불러보지 못한 사랑을

난 모자 쓴 여자
날마다 활활 타오르지
한밤중
화산 같은 사랑 하나 이고 살아서

섬의 한 여인은

틀림없이 그렇게 썼을 거라고 했다
글을 쓸 줄 모르니 기록을 해달라고 했다
기록을 못하고 갔던 당신을 대신해

밤은 와르르 지붕을 무너지게 했고
산 자들의 음을 분산시켰다

사랑을 해야 할 날에 분노를 알아 버렸다
발그레 진홍의 바다는
얼굴도 가슴도
함께 물든 칸나의 심장을 향해 속삭인다
네게 귀를 댈 시간을 줘볼래?
육친의 가슴에
파묻을 기쁨을 한 번이라도 줄 수 있었다면
난 그들의 말을, 영혼의 말들을
기록하고 말 거야

굳게 입술을 깨물었지만
불타는 집에서 일본제 책가방 그 하나만
꺼내게 해달라고 애걸했지만
아무도 그것을 꺼내주지 않았잖아
아버지의 마지막 선물이었던

모욕도 거대한 광풍에
사라진 것들은 사라졌으나
사라지지 않고 뱅뱅 맴도는 것은
"제발 우리 어멍 살려만 줍서"
만삭의 엄마 앞에 무릎꿇은
선명한 그날의 애걸

죽음은 죽음이어서 무섭지 않고

찾을 수 없어요
내가 찾는 건 당신의 손
여기까지 끌어왔다니까요
굴속의 새벽이었고 어둠이었어
굴의 마음이 왜 지금도
나에겐 계속되는 것일까
지금은 굴 밖 세상
그냥 내 몸이 굴을 향하였군요

인간의 세상이라면
그렇다면 인간 세상이 아니었다는 건가요

이상하지?
사람들은 갇힌 공간에서
소리치는데
우린 왜 입을 틀어막았던 걸까
아기의 울음은 적이 되어서
더 이상 소리를 낼 수 없었지

굴 밖이 마지막 빛이었던
오빠는 죽은 낭 가지에 매달렸어요
죽음은 죽음이어서 무섭지 않아

난 아무런 흔적 없는
숲의 비를 맞고 있어요
걷고 또 걷고
들추고 또 들춰도
필사의 초록은 안 보이는 거예요

당신은 어디로 갔나요?

굴이 울다

차경구

그러니까 난 이미 굴을 떠난 줄 알았어
고사리 가는 대로 졸졸 따라왔을 뿐이야
우는 소리를 따라왔어
굴이 울고 있는 거야

나는 알지
굴 밖에서도 박쥐가 어째서
내 어깨를 툭툭 치는지
석양이 끌고 온 외딴 구름이
무엇을 기다리고 있었는지
나는 알지 늪골에 잠긴 밤의 말을
들을 줄 아는 굴속 웅크린 잿빛 아이를

어느 굴이라 했나 (벤뱅듸야…)
동생을 잃었어 (어쩌자고…)
박쥐가 건드렸나?
검은 돌이 머리칼을 잡아챈 거야
들판은 차라리 굴이 안전하다 했어
굴은 제 전부를 내줬어
내 눈앞으로 무수한 날개가 퍼덕였어
연기 속에 재를 뒤집어쓴 굴이
우는 소리를 내는 거야

나는 알지
굴 밖은 하얗게 소복했던 걸
어린 소년이 연기에 질식돼 희미해질 때까지
한 아이가 굴 밖에서 울고 있던 걸
(다들 어디로… 갔어…)
난 그저 따라왔을 뿐
고사리 들판이 시키는 대로
한 방향으로 왔을 뿐이야

굴 앞에서 쪼그려 울고 있었어
고사리를 안고 울고 있었어
고사리를 버리고 울고 있었어
우는 굴 앞에서 우는

백발 그 아이

모래밭에 누워서

잠들면 어김없이 모래밭에 누워 있는 거야
사투리가 몰릴 대로 몰린 후
모래밭에 누운 소녀가 올라오는 거야
나를 그냥 모래처럼 흘리지 마
가장 고통스런 상처가 거기에 있어
찾아볼 수 없는 고요가 모래 속에 있어

나는 붉은 눈의 모래밭에 누워 있는 거야
귓가에 달라붙어 떨어지지 않는 너는 누구니?
내 머리칼에 달라붙어 떨어지지 않는 너는 누구니?
높은 산을 몰아치는 파도가
온 내장을 허공에 뿜어대다가
이윽고 사위어갈 때까지
내 살에 붙어 떨어지지 않는 모래야
먼 데서 차가운 것이 휘몰아쳤어
비밀처럼 쉿이!
소녀는 허공에 떠 있는 거야
나는 열일곱, 사랑도 한번 못한

나보다 어린 여자아이가 내 얼굴을 만졌어
마음을 들킨 말미잘처럼 축축
매일 꾸던 꿈이야

그대로, 가만히, 있어봐
이건 나만 아는 꽃분향
내가 여기 묻어둔 거야

모래가 강물과 만나고 바다와 만나러 가듯
나는 아스팔트 아래 숨은 모래숲 그 소녀
가라앉은 숨을 만나러 가는 거야
나는 절대 모르지
밤마다 수심에 찬 달이 다가와
모래를 내 이마에 왜 흩뿌리는지
나는 어째서
밤마다 그 뜨거운 길에서
그 소녀를 매일 만나게 되는지
뒤척일 때마다 붉은 눈의 모래가
속삭이는 거야
웃어봐
속삭일 줄 모르는 소녀야

수리대°처럼 내 생은

사실이야
아프지도 않고 겁나지도 않고
가슴이 타던 그 비린 기억도 없던 그때
우리 집에는
수리대 잎사귀가 산만큼 쌓였지
쌓이면 쌓이는 대로 눈처럼 쌓여
저절로 거름으로 익어가는 동안
이파리는 겹겹 층층 얼마나 쌓이겠어
죽고 죽고 태어나고 몇 대 몇십 년
솜이불 같은 그 이파리 거기에 가만히 누워봐
온돌 같은 기운이 온몸으로 번져
숙성으로 갈수록 온전한
우주의 기운을 발휘하거든
다음 오는 나무가 크고 다음의 나무가 자라면서
수리대는 자기 몸으로 썩어 가는 거야
썩으면서 그대로 자라는 거야

자, 그러면 수리대는
자기 몸과 몸을 비벼 대면서
새로운 생명을 주는 거야
그러니, 어린 몸을 놀라게 하던 전기의 기억도
조금씩 치유가 되는 거라

수리대 기운에 마귀가 절대 들어오지 못했어

수리대처럼 내 바닥의 생은 썩으면서
살아난 거야
흙의 기운으로 솟아난 거야
그러니, 우린 그 수리대에 이르면 안 되나

•

수릿대, 작은 대나무

누룩으로 지낸 한철

밤이면 밀물처럼 들물처럼
소리가 났다 우상우상
정짓간으로부터 나는
그 소리를 들으며
바다가 내 방으로 들어온 것이라 생각했다
파도가 내 방으로 밀려온 것이라 생각했다

내 스물셋의 봄날
산으로 떠난 그를
기다리는 내 마음의 항에도
누룩 한 덩이가 떠다니고 있다 부글부글
한밤 내 끓어 넘치는
저 술항 속 누룩 한 덩이
지상의 가장 향그런 누룩 하나가
내 늙은 몸으로 들어와
오래 떨어지지 않는 검불을 걷어내고
말갛게 떠오르는 것을 느꼈다
깊숙이 묻어둔 내 정지의 항아리에서
밀어 올린 그리움의 덩이가
나를 숙성시키고 있는 것을 느꼈다
내 믿음을 확신시키고 있는 것을 느꼈다

동백의 전언

사람들이 꼭 그만큼씩 사이를 두고
희노랑 꽃들은 그들끼리 뒤엉키는 봄
돌아서 오는 길에
깊고 노란 동굴을 품고 있는 너를 만났다

아, 저런
붉은 가슴은 네게만 있더냐
타오르듯 북받치듯 툭 뱉고 말았지
동백과 동백은 서로서로 소식을
듣고 싶어 하늘을 향했다

이편 사람이 저편 사람을 쫓던 밤
산에서 내려왔다는 돌담 위 한 남자
어리고 눈먼 아들을 찾아
동으로 서로 신호만 보내다가
한 발에 사라졌단다
그 젊은 아버진 어디로 갔을까
봄밤의 어깨가 그리도 무거웠을까

더 이상
동백은 서로의 소식을 묻지 않기로 했다
사무치는 기억은 기억끼리 거리가 필요한 법

이번 생은 그저 사무치는 대로 내버려둘 일
동백은 땅속에 돌 속에 얼굴을 묻고 우우
우우 밀어내는 소리를 냈지

아직도 격리된 그들의 생
가까이 아주 가까이 오고 있었다

멸치 떼

땅가슴을 긁었다
돌 틈을 넓혔다
손톱이 없어졌다
일곱 살의 내가 구멍에 눈을 대었다
바다로 직하하는 구멍 밖으로 동동 머리칼들

보이지 않았다
바다가 어디야?
바다를 걸었다
바다를 밀었다
물에서 불렀다
엄마 아버지 오빠 동생을

사람들이 붕붕 뜬 내 안의
물을 빼내고 있었다
나는 고작 열 살
울지 않았다

그날 이후 떠나지 않는
내 생의
멸치 떼

붉은 것들!

김연옥

그거 아나
오래전 그때
서른넷 작은아들 새 집 샀다고
산비탈 새 아파트로 나 혼자 찾아갔어

울타리 밖 붉은 것이 먼저 내 눈을
확 덮쳐오는 거야
그 붉은 것들!
마구마구 바닥으로부터 달려오더니
내 가슴 위로 엎어지는 거야

땅을 향해 번쩍 쳐든 그것들
우두커니 서 있는 것들
아이쿠!
꼭지차 탁탁 떨어지며
허공을 메우는 거야
나도 모르게 돌덩이 하나 날 누르는 거야
아니지 악몽처럼
구멍으로
그것들 폭포로 쏟아졌다는 것이 맞겠지

바로 그때, 내가 본 거야

이 눈 저 눈 위 풀썩이던
삶과 죽음들
난 최종 선언했어

"니네 이 동박낭 다 메여불라
안 그러면 다신 안 오켜"

근데, 어느날 동백이 막 날 쫓아오는 거라
자세히 보니
그 위로 찾을 수도 만날 수도 없는
저 바닷속 혈육들 말갛게 올라오고 있는 거야

이제 내가 새로 이사 간 집 길가에
동백낭 세 그루 살지
풀 뽑고 비료 한 줌 내가 주는 거야

그거 알까
이제야 건져냈구나 연옥이 기분
이제야 올라갔구나 연옥이 기분

고백

그럴리야 없겠지만
밤마다
미친 바람이 잠 속을 맴도는 거야
타버린 집 마당 큰 막살이 멍석들이
우르르 내 앞으로 무너지는 거야
수만의 새들이 휙휙 멍석 밖으로 날아가고
언니의 슬픈 눈동자가 우우우 떠도는 거야

그해 겨울 후다닥 언니가 허덕이며 달려왔어

―아까짱아,
나 여기 곱았젠* 마라

―우리 언니 멍석에 안 곱아수다
순간 마당의 내가 한 발에
달려온 시퍼런 그들에게 그랬어

그들은 순식간에 빙빙 멍석을 열고
언니를 모래밭으로 끌고 갔어

동백꽃이 아무리 곱다 하여도
난산리 문길만큼 더 고운가

하늘천지 이 노래 울리던 바로 그 언니
동동 구르며 언니를 봤어
어리석은 울부짖음이었어

아, 이건 일생 누구도 모르는 일

언니야 미안해

숨었다고(제주어)

불칸쇠

김순혜°

누구냐
이리 휘릭 저리 휘릭 매일 밤 내 등을
휘젓는 너는
숨죽인 흉터를 파고드는 너는

열두 살 등바닥 날카롭게 후비고 간
불칸쇠 하나
몸에 궂은 피가 꽉 차서 밭 틈에 박힌,
하늘이 왁왁

마흔여섯 해 뱅뱅 함께 산 그 먼 데서 온
포탄 껍데기

누구냐 찌륵찌륵
오래된 내 등으로 출렁이는 너는
내 심장을 건드릴 때면
내 깊은 폐 한 칸 출렁출렁 흔들리죠
불에 타고 다시 살아난 나무를 봤죠
불칸낭만 있다고 생각했어요

내 몸은 불의 몸
잊고 살았죠 엎드려 바닥에 있을 땐

숨죽인 그 불칸쇠 하나가
송송송 내 몸에 들어와 아픈 소리하죠

열두 살 등바닥 날카롭게 후비고 간 자리
날카로운 송곳 껍질처럼 휑하니 뚫고 온 그것

가만 보니 이건 그래요
후비면 후빌수록 아픈 사랑 같다는

김순혜(당시 12세, 작고)
4·3시기 소몰이하고 오는 오빠를 마중 가던 중 갑자기 날아든 군인들의 포탄이 큰 바위를 강타. 그 파편들이 그녀의 몸에 박혔고, 이로 인해 평생 후유장애의 삶을 삶았다.

용강 강갑춘

능소화 타는 파란 대문 안에 그녀는 없다
파도치는 말들로 한바탕 여름이 압사당하던 그날
연유를 풀기 전
수십 번 눈동자도 몸도 위로 아래로 움직이더니
목젖 아래 말이 웅웅 두루 섞이더니
어느 순간 폭포처럼 출렁하던 그 마당

어디로 갔나
젖은 눈동자 흔들리던 그녀 말 속의 말들

나뭇잎만 머리 위로 사르릉 사르릉 떨어져
차릉차릉 거욱대 위로 치잉치잉 와르륵 와르륵
아무 일도 모른 이파리들이
사람들 머리 위를 덮었어
퍼덕퍼덕 새처럼 앉았어
숨소리마저 은신처로 숨어버린
덤불숲도 끝내 소리를 참던 그날
차마 숨지 못한 목숨들 다락다락
외마디로 스러지더니
그때 아기 업은 여인이 스러지는 거야
죽은 어미 가슴팍 헤집던 아긴
어둠이 고랑을 삼킬 때까지

쪽쪽 꼬물거리더니
에미 죽고 아기 살았어
그 어디선 에미 살고 아기 죽던 그날 새벽이야
용강 전멸 시월의 그날
우리보다 더 멀리 간 사람들 다다다다
밀룽밀룽 어디론가 말처럼 달리던 봉아름 목장
많이도 스러지던 그날이야

사내 복은 없어도 너무 없어서
첫 번째도 두 번째도 먼저 바다로 갔다는 그녀
혹시 지금도 그 검붉은 말 넘치는
용강마을 그녀 소리 출렁거리나
나는 이따금 그녀 대문 안에 귀를 놓고 온다

밋밋, 살다 보니 눈이 녹아서

부순여

어디가 풀밭인지
어디가 사람의 길인지 몰라
눈은 그저 쌓이고 쌓여
생이지름* 없어서 왁왁한
동굴 입을 막았어
사람 입도 막혀버렸지
기어이 홀로 기어 나온 그 겨울

마을은 붉기에
달도 붉기에
정월에 총 맞고 시월에 타고
탄 바닥이 무서워 너무 무서워
대나무밭 쪼그린 늙은 목숨들 그 자리서 밋밋
계곡마다 아이 품은 엄마도 아기도 그냥 밋밋
창창창창 흐르는 붉은 물가엔
얼어붙은 이파리만 밋밋

복장만 안 맞아 살아난 엉클어진 소녀
업고 가던 동네 청년 총소리에 화들짝
내버리고 갔어
아무도 없는 빈 목장에 홀로 나앉아
찐 감자 볶은 보리 한 방울에 홀로 살았어

송장처럼 썩어가는 고름 다리
칡으로 묶은 그 위로
이불 대신 무지막지 퍼붓던 눈발,
눈은 썩지 않아서 다리를 살려주려나
수십 번 도려낸 뼈와 살의 날들
그렇게 사람도 아니었던

칡 같은 아이

살다 보니 눈이 녹았어

·

참새기름

발의 말

김순여

생일의 심장을 쏘았어요
여린 발을 쏘았어요 그날
위로받지 못한 나는 당신의 사라진
작고 어여쁜 발

안 보이지만 나는 이미 돌아온
당신의 사랑이어요
우린 이미 한 몸이죠

노랑 애기 수선 반짝이는 발의 묘에서
나는 늘 새로 태어나죠
엄마도 오빠도 늘 촛불을 켜서 기다리죠
당신의 생일이니까요
나는 여리고 여린 당신의 발
어디에 있나요?
찾지 마세요
우린 벌써 새벽에서 어둠까지 하나예요
나는 당신이 처음 디딘 어여쁜 발
천둥치던 날 사라진

그래요 나는 다시 돌아온 당신의 사랑
절대 포기하지 않죠

그늘 없는 사람

그늘이 필요해
그늘 있는 데서만 말을 했지
그늘 있는 사람은 죽지 않았어
그늘 있는 사람은 절대 기죽지 않았어
그늘 없는 데서
연한 그늘도 없는 내가 이렇게 살았어
밤 오면 우릉우릉우릉

백설이 소금처럼 내려 쌓이고
산에 갔다 내려온 겨울
남자 없는 사람은 어디서든
날카로운 표적이어서
이리저리 두리번거려야 했어
그래서 살아지고
저래서 살아지고

절대 그 밤을 모르지

그 밤에 서성거리기만 했어
배회하는 어둠 속 어떤 망령이 숨어있는지
뜬눈으로 새운 바다의 가슴으로
안개가 몰려와 흔들더니
눈동자가 파랗고 큰 먼 나라의 아이들과
까만 눈동자의 아이들이 만나는 거야
속삭이지
더 기댈 것 없는
껍질 벗은 검은 물결아
살아만 있으면 출렁이는 거야
출렁이며 밀려가고
너희는 절대 그 바다를 모르지
희고 격한 파도의 날카로운 팔이 얼마나
강렬하게 휘저어 오는지

밤새
울부짖는 목소리들의 밤이야
우리는 절대 그 밤을 모르지만 다만 알지
그들이 돌아온다는 것을
안개로 물든 검은 대지의 바다는
흐느끼는 자들의 소리를 모아 흩뿌리는 거지
죽은 줄 알았던 어린 눈동자와 눈동자들이

만나는 거지
하여 죽은 자들이 전혀
새로운 몸으로 돌아온다는 거지

실과 바늘을 진 어머니는

밤이면 실과 바늘을 물허벅에 지고 산으로
오른 어머니는 도둑처럼 사라졌다가
아침이면 투명 인간처럼
몰래 이불 속에 들어와
함께 누워 있었다
어느날은 실과 바늘이 아닌 무엇인지
모를 일이지만 어머니는
늘 그 밤에 떠났다 왔다
흔들리는 기억을 묶어내고선 나는 다시
귤꽃이 피기 전 고향마을을
갔다 왔다
그날의 안 보이는 어머니의
물허벅을 찾아보다가
먼 기억 하나 달고
다시 오사카로 날아갔다

그러니까 산으로 간 여자들의 가슴에는
돌아오지 않는 사랑 하나씩
함께 산다는 거
나름 알고 있었다

울다 보면 시간이 너무 짧아서

김이선°

만나도 울지 말자
울면 말도 못 하고
죽지 않고 산 것만 봐도 좋지 울긴 왜 우나
울면 영장 난 집 호텔만 벌러지지
우리 다섯 똘똘 다짐에 다짐
울다 보면 시간이 짧아도 너무 짧아서
절대로 울지 말기로
2007년 5월 12일 우린
서로서로 당부했지요

졸던 사람 번쩍하던 일등 야학 선생님
산발한 그해 겨울 고향땅 다신 안 본다 떠난 서울서
버스회사 다닌다더니 전쟁 터져 오리무중
그 오빠 만났습니다
"이선아" "오빠야"
어제 그제 만난 오누이처럼
한 촉에 알아본 우리 절대 울지 않았습니다
남매 상봉 반년 앞서 눈 감은
김씨댁 우리 올케
고향집 그리다 그리다 그곳에 묻혔다지요
제주 사람 공동묘지에
눈으로 말하고 목소리는 물결쳐

흘러온 생들을 그렸을까요
갖고 간 태엽 시계 냉정하여서
초침만 재깍재깍 재촉을 하고
다정한 말들은 말들끼리 서로서로 살펴서
앉았다 일어섰다 조심하기로
이틀 밤에 헤어졌다 만나기 딱 세 번
쉰여덟 해 기쁨이 짧아도 너무 짧아서
울지 않았습니다

삐뚤삐뚤 종묘사 달력에 써봤습니다
"오빠80 이선76"
"우리 다시 만나자"

부모님전 기별 새겨 올립니다
"아들 살앗수다"

°

김이선(당시 15세)
부모는 아들 대신 죽고, 2007년 58년 만에 오빠와 남북이산가족 상
봉하였다. 2008년 3월 7일 제주시 조천읍 신안동 부모님 묘 앞에
'남매상봉기념비'를 세웠다.

꿈

내 말을 믿어줄까
내 눈에 떠다니는 그 검은 냄새를
거기 눈동자들을
매일 아침 한 사람씩 어디론가 가고
다시 안 오고
아이들은 몰락하지 않는 이끼처럼
낮게 엎드려 숨을 쉬던 것을

박쥐도 용암의 검은 색으로
소리 없는 날갯짓을 멈추고
다만 우린 언제 여기를 떠날까
모의를 하고

정말 언제 하늘을 볼까 오빠야
떠난 오빠는 어디로 갔나
누구에게도 물을 수 없고
누구도 들어주지 않는 꿈이라고나 할까
둥둥 달 비행기라고나 할까
달은 이미 눈 속의 눈을
훔쳐 가기 시작하였고
소녀들은 아예
달의 바다가 되었던 것을

그녀에게

꼭 같은 시간에
그녀가 신호를 한다

처방전 받으러 간 동네 내과 원장님
약 많이 드신다고
더 이상 처방 어렵다 했어

일곱 살에 가문이 절멸했는데
밤은 끝없이 이어지는 기억이어서
영화처럼 흐르는 반복이어서
끝없는 한 생인데도 왜 이러나 몰라

참 야속하시다며
병원문 나서는데
눈물 바람 뿌리는데
간호사 뛰쳐나와 그랬어
원장님이 넬 오시래요
그래도 서럽고 서러운 맘 알아줬다고
다음날 다시 약 타러 가셨단다

살자고 이 눈밭 저 눈밭 맨발로 달릴 때
애원은 부서져 흙으로 꽂혔어

집 떠난 그녀 오늘도 노래하시나
보리밭 위 그 노래
다시 휘돌다 간다
"온달 같은 우리 아버지
반달 같은 나를 버리고"

어떤 증언

홍춘호

어느 강 칩이 남자 아기는
하르방 손 심고 가다가
신도 없이 가다가
바짝 얼어서 죽어버렸어
딸은 봉덕불 피워놓고
죽은 것 위에 솜으로 싸고 살아났어
미오름 꼭대기 오르면
거기 가면 굴 있는지 몰라
호미로 판 굴 안은 붉은 송이 살살 내리니깐
겨울에도 춥지 않았어
봄 나도록 살았어
따뜻했어

계엄령만 해제되라 해제되라 기다렸어
계엄령이 뭔지 모를 때
아홉 살 우리 오래빈 윤 오월 죽고
아버진 팔월에 죽었어
어머닌 물애기 안고
얼기설기 돌 억새로 바람 막아 집 지었어
눈이 오면 눈이 살살 살살
안으로 들어오는 거야

생각하니 눈의 눈물인지
어머니의 눈물인지
어머니 우는 것 한 번도 본 적 없어서
어디서도 눈물 없어서

문도 하나 없는 그곳에서 그리 살았어
별놈의 팔자

그런데
내 명대로 산 거야

양 할머니의 활주로

틀림없이 여기야
이 바닥의 영혼들이 아우성치는 거야

비행장 활주로에 선
허연 머리칼에 파도가 친다
지팡이로 탁탁
언 땅을 두들긴다
그 위로 이리저리 잡풀이 흩날리고
지팡이가 가리키는 꼭짓점 거기에
그때 그 소나무는 이미 없다

노을이 바다로 흩어지고
활주로로 휘어지고,

끝끝내 놓을 수 없는 오빠야
기억의 구덩이는 어디로 갔을까

분명코 어린 눈망울이 보았던
구덩이는 맞다

흐린 눈망울에 시퍼런 핏줄을 세운
파도가 활주로를 쳤다

꽃베개

양중윤

붉은 흙에게 말했네
붉은 담에게 말했네

내 생의 시작은
매일매일 차르륵
지네처럼 감아올리는 검은 얼굴들
탁탁탁탁 빗줄기에 나뭇잎
이리저리 몸살 앓는 소리가 들려올 때면
오늘도 꽃베개를 품고
팽글팽글 돌고 도는 백살 엄마
차륵 차륵 차르륵
내게 흐른 만큼
아가 너는 기억할까?

그러니까 베개를 떨어뜨려선 안되지
붉은 창가로 돔박꽃이 너를 넘보고
꽃베개 안고 봄잠에 든 네 얼굴을 닦는구나
내 손바닥으로 탁탁 거센 전류가 걸어올 때마다
땅도 하늘도 저절로 오그라드는 한낮
꽃베개로 흘러선 안되지
나의 베개로
온 몸의 전류가 멈추도록 끝내 지탱해 줄게

아가, 네 기억의 저편엔
가물가물 꽃물 나직한 소곤 노래가 흘러
이것을 끊어줬으면 좋겠다
더 내줄 일 없는 사랑이 가고
다시 사랑이 올 때까지

내 생은 전류가 흐르는 일
탁탁탁 몸을 훑고
구름도 햇살도 오그라 들었네
흡사 노을이 비명을 지르는 것 같아
종소리 따라 절을 하면 길해지려나
어디로도 숨을 곳 없고
확 감겨버린 한 컷

백년의 생

동백할망 고송당

우리 할머니 고송당
송당마을 큰딸이라고 이름 받으셨다지
동백기름 머리 바르던 송당 새악시
시집와 세화리 뒷마당에 동백 심었다
동백 자라 비가 오면 촘낭으로
맑은 물 촘촘 받아먹던 숨바꼭질 놀이터
천둥 벼락 휘몰아치기 전까진
하늘 땅 뒤짚혀 없는 죄 있는 죄 다 씌우더니
둥치 큰 나무도 사상 죄인인가 베어내던 그해
고송당 할머니 심은 동백낭 한꺼번에
층층 엎어지고 뉘여졌다
그 겨울의 마을 쫓기는 사람들 달려와
동백낭 의지해 몸을 숨기던
죽어서도 살려낸
고송당 할머니

풀 뽑는 방식

풀을 뽑을 때면 생각하지
풀 뽑기 하다 보면
사람 성격 알 수 있겠다

풀을 뽑을 때면 생각해
우리 어머니 풀 뽑은 자리랑
아들 눈앞에서
다 사라진 할머니의 풀 뽑기는 왜 다를까
우리 어머니 김맨 자리는 돌아서면
뽑을 게 없어
할머니는 휙휙 손이 안 보여
돌아서면 또 풀이야
할머닌 빠른 호미질로 생각을
잊으려 잊으려 하는 것이고
어머닌 풀 하나 한 생각
풀 하나에 또 한 생각
풀 하나 뽑으면서
마음속을 정리하는 거야

그러면 나는 어느 쪽이지?

제2부

병풍 소풍

김옥택

꼬치에 꿴 소라 한 광주리
시장 완판하고
집으로 돌아가던 그해 겨울 막버스
펑펑 눈은 내리다가
자욱하게 내 눈 위에 내려앉더니
급기야 집을 놓쳐버린 그 밤 기억하지

돌아갈 길은 없어서
새벽이 올 때까지 갈 곳 없어서
운전기사 삼촌이 우는 아이 데려다준
성산포 낯선 할머니의
여관방

그 겨울의 방은 하늘 가득
원앙이 날고 모란이 피고
내 언 몸을 감싸주는 세상 밝은 꽃 천지였어
휘황한 할머니의 그 방을 휘덮은
8폭의 병풍은 어쩌다 만난
내 생의 첫 소풍
그것은 언 가슴을 향해 온갖 온기를 쥐어짰고
비로소 내 핏빛 삶을 에워쌌지

어쩌다 그 겨울 나를 붙잡은,
사는 동안 절대 떠날 수 없는
그날의 병풍
봄날 같은 나의 첫 한 폭이었어

오늘도 내 삶을 드리우는
8폭 병풍

철을 잃은 아이들

마스크 안에서 입 다문
늙은 입의 누이는
앳된 눈물 틈새를 안 보였어

말을 해봐 누이야
생존하였으니 얼어붙은 눈동자
웅크린 들에 온 보라꽃을 너는 보았니?
어린 누이는 나침판도 지도도 없이 걸어야 했어

우린 철마다 다른 철이 있다는 것 몰랐어
부서진 들판에서 두려움도 몰랐어
우린 스스로 울음을 닫아버린 아이들
끝도 없이 깊어 가는 속 울음처럼
누구도 눈치챌 수 없는 저 깊은
굴속의 울음으로 견뎌야 하는 걸 알아버린
철을 떠난 아이들

우린 울 철에 울지 못한 사람들
철철 비바람 불고
철마다 꽃 피고
꽃 지는데
철 따라 거기를 본 적도 없고

철 따라 그곳에 한 번도 가보지 못한
철을 잃어버린 아이들
노래를 잃어버린 새처럼
사랑을 잃었어
소년을 잃었어
학생복을 잃었어
어린 손가락을 뚫고 나갔어
물어뜯긴 철없는 산산조각

우린 나침판도 없이
갈 데까지 가서야 집으로 돌아왔어
저녁 물결은 붉은 눈으로
새벽을 기다렸어
도무지 분간할 수 없는 어머니 소리
말발굽 소리인지
소 발굽 소리인지 모르는

우린 철모르던 아이들
말을 해봐 누이야
마스크 위 늙은 눈으로 말을 하는
철을 잃은 우리야

바람의 흥얼

배고파 죽은 막내의 흥얼이
아침의 싸락눈으로 온다
그건 어린 심장이 견딜 수 없는 일

버틸 만큼 버티던 막내가 꿈꾸던,
그날 아침 어머니는
동생의 흥얼이 실처럼 가늘어지는 순간
우리를 이모의 울타리로 올려보냈다
집보다 더 먼 곳으로 가거라

이윽고 알 수 없는 곳으로
동생을 안고 나간 어머니는 통곡 없이
우리를 맞이하였고
한 번도 눈물을 보이지 않았다
물론 우리도 묻지 않았다
꼭 그날처럼 눈바람 휘몰아칠 땐
주소 없는 애기 묘지로부터 노래가 온다
막내의 흥얼이 바람의 노래로 온다
밥을 먹으면 살아지려나
한 숟갈 먹으면 살아지려나
막내의 끊겼다 이어지는 가는 소리가
찢어지며 온다

찾을 길 없는 동생의 묘지는
단 한 번도 찾지 않았다
다만 눈바람에 시린
여린 것들을 위한 별들이
가만가만 내려와 풀잎 위에 풀잎으로 덮는다
차갑고 날카로운 것들을 두려워하던
막내의 지붕은 그만 따스했을까

푸른 밤은 그렇게 오소록 깊어진다

선홍의 바다, 탁발하듯 소리치는
북촌 애기무덤 앞에서

더 이상 두려워 마셔요, 어머니

오늘처럼 파닥파닥 눈이 내리고 내려 쌓이면
기억하죠
곶자왈 관절까지 마디마디 달래고 어루며
안아 일으켜주던 슬픈 눈

이미 파들대는 마을을 휘돌다 온 내 선홍의
마지막 고동을 듣고 있었죠 순간
난 아무런 떨릴 것도 없는
마른 혓바닥 용암의 대지에 나를 내주고
덜거덕 숨결을 파묻고 있었죠 그날
무방비한 긴 고요가 꼼짝없이 찾아와
나의 먼 길을 열어줄 때까지

난 더는 바스라질 어떤 각피도 없는
단 한 줌이었죠
왜곡된 폭설이 한바탕 휘몰아치던 그날
모든 소리마저
바다새 목젖마저 꺽꺽 한 모금 내지 못하던,
난 스스로 선홍의 몸꽃으로 환하게 피어났죠

그러니, 돌빌레 뚫고 나온 수련처럼
이 질긴 잠의 탯줄을 끊어주세요 어머니
끊길 듯 탁발하며
아득히 소리치는 먼바다, 선홍
들끓는 대지의 뜨거움은 그날처럼 타올라
어제가 오늘이 되고
구름이어요 어머니
태양이어요 어머니
소낙비 청댓잎에 희망을 적시던 그날처럼
그만 떠나 보내주셔요

여기, 이 몸을 보아주세요 어머니
오래고 눈먼 길을 걷고 걸어서
바다의 눈꺼풀로 다시 태어난
내 몸의 선홍을

검은 밥

한옥자

너는 알까?
꼭 그 지점이야
흙의 고리가 어김없이
내 발바닥을 걸어채는 거야
맥박도 없이 대륙을 달려온
파도가 사정없이 내 몸을 덮치는 거야
사막을 내질러온 모래가
예고도 없이 눈을 덮쳤어
바람 든 팽나무가
바람도 없이 엎어지며 무너졌어
어느새 오소리 올가미 걸어놓고
기다리던 자처럼 마법을 치더니
나의 몸은 그렇게 철버덕 허공에 떴어

너는 알까?
꼭 학교 앞 북촌 운동장 지날 때면 그랬어
할머니의 흙의 허기를 채워줄
차롱 속 보리밥이 순간
낱낱 알갱이로 튀어 오르는 거야
어머니의 벗겨진 신발이 허공으로
날아오르는 거라
마지막 먼 비명마저 튕겨 나간 텅 빈 운동장

쪽쪽 엄마의 빈 가슴을 훑던 어린 입의
그 언 땅 위로
검으나 붉은 유리알이 사선으로
빗금 치는 거라

이 또한 알까?
나동그라진 보리밥 알갱이 꾹꾹 눌러 담을 때
자욱하게 막아서던 꽉 찬 붉으나 푸른 빛
납작 엎드린 주검들 그림자 위로
맥없이 고꾸라지던 고개를

누구지?
나를 발딱 일으켜 세운 이는
운동장 지날 때면
온 바람 땅을 나꿔채는 그날의
무참한 속울음들이 돌흙으로 일어나
물 주세요 밥 주세요 불렀던가 그리했던가
열세 살 발을 걸고 놓아주지 않던
그 한낮의 햇볕 아래서
서로서로 부둥켜 떨어지지 않던
검은 밥

올케에게

변영수

어머니라 부르고 싶었습니다
그녀의 허락을 받지 않고 나는
그렇게 불렀습니다
오빠를 아버지라 부르진 못하였으나
알고도 모른 척 열아홉 우리 올케는
엄마!
부르면 나를 향해 돌아보았죠
아이들 앞에서 뽐내고 싶어
입에서 맴돌던 그 이름
우린 서로 알고도 모른 척
손만 꼭 잡았습니다

천둥을 기다리며

눈폭풍은 밤새 타는 파도처럼
골짜기를 흔들고
더 끌어안을 지상의 것은 없었어
처절하게 크게 소리쳤어
눈을 떠라 눈을 떠봐
눈은 밤새
타는 파도처럼 일어나 천지사방
달려드는 거야
지상의 소리란 소리 한꺼번에 달려오던 그날
눈을 가렸으나 눈은 콸콸 흘렀어
달려드는 거인의 눈이
밤새 슬픈 심장을 두드린 거야

언제부터 기다렸을까
무리져 올라오는 차디찬 눈동자들을
빨리 끝내주기만 바랄 뿐
헝겊 쪼가리도 이미 한계를 넘어버렸어
언제 끝날지 모르는
소용돌이치는 계곡은
한 번도 본 적 없는 지상의 대결이었어
눈은 인간을 향하고
어린 눈은 하늘을 향하고

그때 내가 본 것은
지상의 헛것들을
한껏 후려치고 떠난 눈들이었어
파박파박

우리에게 있던 날개는 전부 축 처져
모든 기능을 잃었고
날카로운 돌쩌귀가 스친
내 정수리는 움푹 웅덩이가 패였어

제발 천둥 한 개만 내려줍서
제발 벼락 한 개만 내려줍서
엄마는 삭삭 빌고 있었어
하늘에, 바위에
삭삭 빌었어

우린 천둥을 기다리는 엄마를 따라 했어
굶주린 새끼의 먹이를 찾아 헤매는 들고양이의
재빠른 몸부림
그 모습 같았어
엄마는 그랬어
움푹을 누르며 그랬어

여섯 살의 눈이 닫혔어
숨 막혀 지상의 베어내야 할 꿈같은
장면들을 내 눈이 누르고 있어
비바람 치는 어스름의 계곡
엄마는 싹싹
두손 모아 빌었어
우린 죽을힘을 다해
엄마를 따라 했어
이미 왔던 것일까

천둥 한 개
벼락 한 개

별에게

1 원동마을 김영자
게난 우리 할머니 늦게사 담밸 배완
그 옛날 긴 담뱃통 있지예
담뱃대 물엉은에 할망이 그냥 아무 생각도 엇이
저리 물엉 바당에 앉아시민
애월 사름덜 경 골아낫수다
저 어른이 무신 생각을 헴신고 헤낫수다
이 속까지 다 막아져불언 할망도 처량허게시리
경 허멍양 우리 어머니안티도
"느, 담배를 배우라. 담밸 배와사 답답헌 가슴 사악
풀어진다 담밸 배우라,
담밸 배우라" 경 해연
나 이제야 그 뜻을 알았습니다

2 달은 이미 파하고
굽었느냐 허리 굽어서 보았느냐
"사름 죽언 시랑시랑 죽은 디 그디"
달은 이미 파하고
별은 팔랑팔랑 연불처럼 하올거리는데
그 별집 인 지붕아래 언 땅바닥에
앉아있는 어린 세 자매 보았느냐

잠시 지키고 있거라 에미는
이미 상한 얼굴로
네 할머니 수레에
태워져 왔으니

어디 있었느냐 그리 있었느냐
내 잠시 수습하고 오마 아무도 없는 빈 벌판에
총총 가늘게 뜬 별눈만 믿어
오돌오돌 부둥켜 떨던 세 자매
이미 어디서 화약 냄새 흐르던 불똥 튀어
비글비글 어린 정강이 고름 그치지 않던
그 꽃살 상한 두 살배기
아버지 사형제 일시에 스러져
구덩이에 아무런 제의도 없이
아무런 수의도 없이 묻었는데

기습당한 원동마을 사람들
일시에 스러져 불길만 흐덕이는데
황망히 떠나고 떠나서
다만 떠날 줄 모르던 어둠만
기운 잃고 넋을 잃었는데 웅크린 모닥불 피워
이불 뒤집어쓴 세 자매

솜이불 아귀아귀 타는 불꽃 위로
흙 한 줌 뜯어다 놓고 흙 한 줌
쥐어 덮고 하시던 어머니

팰롱팰롱 아무것도 없는 들판에
"어린 셋만 밤중에 있었수다"
젖은 땅에 눈꺼풀 떨리는, 와랑와랑 달려온
할머니 세 자매 데리러 오기까지는

가보았느냐 가서 보았느냐
그 어린 세 자매 앉았던 그 자리에
그 앉았던 자리에 봄풀 돋는 걸 보았느냐
반짝반짝 개망초 돋아나는 것 보았느냐
문드러진 고름 짜낸 구덩이 뚫고 확 피어나는

얼굴을 찾아서

김옥녀

느닷없는 삶처럼 다가올 날들을 대비했어
항아리는 노랗게 가득한 입을 다물었어
하늘도 낟알 같은 낯빛이야
사람들은 서로서로 등을 기댔어
하늘도 땅도
제 얼굴을 검은으로 휘덮기 전 까진
숲을 할퀴자 동굴은 입을 벌렸어
곳간은 다만 온기만 남기고 부서졌어
뒤돌아보지 말고 가거라
아버지가 그랬어
우린 불안의 피난길을 떠났어

그들이 휩쓸고 간 동굴 밖 세상
아버지는 있는데 아버지는 없었어
외씨 같던 고운 아버지는 어디로 갔나
아버지 얼굴은 어디로 갔지?
흙을 덮었어
흙이 여문 손톱들을 먹었어
한 줌 또 한 줌 자꾸만 긁다 보면
검은 얼굴이 나를 보았어

울면서 덮었어 아버지의 어깨를 덮었어

하늘 땅이 마구 요동을 쳤어
흐르는 흙이 눈물을 닦았어
아버진 흙의 얼굴로 잠이 들었어
엄마는 눈물도 없이 자꾸
심장을 두드리는 흙을 긁었어
말해줘
말해줘
누가 아버지 얼굴을 갖고 간 거야!
아버지를 찾아줘
외씨 같단 얼굴을

캄캄한 숲을 지날 때
검은 아이가 검은 아버지를 불렀어
어깨에 엎어진 아버지의 손을 불렀어
더 이상 은실금실 헤살짓던 연못은
보이지 않았어
구름은, 하늘은, 숲은
어째서 찬란한 행색을 하는 걸까?
산산 부서진 얼굴을 보았단 걸까?
보았니? 나비야,
외씨 같은 얼굴을 금방 보았니?

사라진 아이들

환해서 너무 환해서
창문 열기 싫다는 여자 하나
바다로 갑니다
그 겨울의 내막을 알고 있는 그녀
올레 어귀 팽나무
흔들리는 그늘을 지나

회천서 난 아기
탯줄도 안 끊고 돌돌 말았습니다
천둥 벼락같은 총소리에
숨어서 명도암 가까이
그제야 끊었습니다

포대기에 싼 애기 업으면
에미도 살지 모를 일
달리다 달리다 보니 그 아기
사라졌습니다
발바닥 흔적만 남기고

골골 마다 밭가녁으로
사라진 아이들 있습니다
찬 하늘 위로 까마귀 가옥가옥 울던 날

그날 사라진 아이들아
달리다 어느 산전에서 손을 놓친 아가야
눈벌에서 곡기 주려 시렁시렁
별처럼 누운 아이들아

아아, 지금은 저 붉은 고구마 안으로
탱탱 살 오르는 시간
어디서 길 잃은 아이가 울고 있는 시간
저 용천동굴 속 오래된
흙의 유물을 내보내는 시간

돌흙 속 여린 잠을 자는 아이들아
목시물 굴 캄캄 동굴
흰 고무신 남기고 떠난 소년아
숨지 마라
제발 숨지 마라
뭇별들이 너희를 지키는 밤이다

숨지 마라
물결 엎은 바다가 바닥 치는 바닥에
환한 바다의 눈

숨은 길 비추는 봄이다

바다로 간 그 여자
비울 것 다 비워 집으로 갑니다

눈보라와 여인과 아이들

한 여자가 안고 업고 눈 언덕을 헤엄친다
눈보라가 비틀 뒤처진 발바닥을 부추긴다
아무리 귀 기울여 봐라

이미 바닥에 없는 새파란 비명들
어디로 갔나
그 새벽 첫 귓바퀴에 박힌 발자국 소리는

귓속에 둥지 틀고 사는 소리야
너는 어찌해서 그리도 악다문 소리를 내는 것이냐
도대체 눈보라는 무엇으로 오는가
허공을 돌다가 소리를 꺾는다
언덕을 건너다 소리를 날린다

안 보이는 발자국을 남기는 법을 알던 사람들이
안간힘 쓰며 건너는 사이
등에 붙은 아이가 먼저 눈보라가 된다
눈폭풍의 언덕을 푹푹
머릿수건 위로도 푹푹
걱정 마라
너는 이미 눈벌을 건너고 있지 않느냐
아무리 틀어막는다 해도 소용없어

이미 네 생의 길은 정해졌으니
돌아보지 마라
눈폭풍을 건너는 아이야
고래 이빨 같은 파도를 앞세워
우렁우렁 산등을 긁으며 달려오는 바람아
맞서고 맞서야 할 때란 예측없이 오는 법
이번 생은 돌아보면 눈보라 같은 것

눈 속 헛꽃 같은!

아무도 그곳에 없었네

별 초롱 초승달만 우두커니
어디서 풀벌레 소리만
아무도 없었네 나의 밭에서
그들은 나를 데리고 갔네 삽시에
파종하던 대지는 그대로 사라졌네

그때 그 자리
아무도 없었네
내 목숨 안아줄 누구 하나 없었네
명분 없이 밀려가는 에미 등짝엣 것
함께 밀려가더니
툭! 힘없이 구멍으로 떨어지더니
물 한 모금 적시지 못한 그 어린 것
아옥아옥
휘어진 오이처럼 굽어가기 시작하였네
굽은 별처럼
두 해 더 살다 갔네
홀로 파종하던 대지는 순식간에 사라졌네

아무도 없었네
그때 그 자리, 아무도 없었네
네 목숨 안아줄 어느 하나 없었네

네 뉘였던 자리
네 앉았던 자리
내 어찌 앉을 수 있겠느냐
뭐지?
지금 흔들리며 올라오는 저건

네가 진 그 자리에 연기처럼 아른대는
아득한 연두

푸케 씨의 저녁

푸케 씨에선 갸릉갸릉 소리가 났습니다

일곱 살의 그 여름 푸케 씨 푸우 푸우 뱉어내
돌담에 착착 칠할 때 외출서 돌아온 할머닌
너무 놀라서 탁탁 빈 가슴만 두들겼습니다
그 허연 고름 같은 것
할아버지 방에서 뱉어낸 고름이라고
할머닌 이제 그만
끝났구나 마당만 돌았습니다

불기둥 이리 번쩍 저리 번쩍 몰아치던 그해
어깨 둑지 무너진 할아버진
방에서 기침만 날리고
난 마당의 흰 볕 아래 푸우푸우 푸케 씨 불고
그때마다 나오던 끈적한
그 누르스름한 고름처럼
할아버진 목을 타고 올라온 속엣것
갸릉갸릉 토하는 겁니다

저 한밤중 정방폭포 물소리에 뒤틀리던
남의 검은 밭에 뉘인 아들
지게에 져 한밤중 한달음에

도둑 걸음쳐 왔다던 할아버지
고중옥

그 겨울의 색동저고리는

김옥자

그 바다 비석거리 지날 때면
색동저고리가 하늘로 날아오르는 거야
방금 애기 밴 엄마랑 손 잡고 간
그 아이, 엄마 손 잡고 사라진 그 아이

그러니까 첫 번째 물음
색동저고리가 왜 저리 파닥거리지?
왜 그네 타듯 하늘로 솟았다 내려앉는 거지?
왜 젖은 새처럼 파득 소리가 나지?
도대체 뭐지?

두 번째야
―바닷돌 위 물고기는 왜
저리 파닥파닥 튀어 오르는 거지?
맴맴 돌기만 하던 그해 차디찬 바닷가
물고기 이름은 모르지만
푸른 심장을 가진 그것이
바닷돌 위를 타닥 튀어 올랐어

―염통이 있으니까
염통 있는 것들은 다 그래
본 적 없는 바다의 남자가 내게 말했지

─그랬구나
어떡하지?
허공으로 뜨네
알 수 없는 먼 곳으로 뜨네
사악 만질 수 없는 구멍으로 뜨네
어느 곳으로 가는 거지?
너는 구름의 재 어디쯤 있니?
아직도 물음은 끝이 없는데

몰랐어
검은 열매의 눈망울을 단
한 아이 따스한 심장이
내 심장으로 왔던 것을

당신은 누구십니까

너무 오래 엎드린 그대
말씀 좀 해 보세요
눈도 코도 안 보이니

겁 질린 열일곱의 눈망울 떠받친 밀항의 밤
돌아온 고향
다시 또 떠난다더니

몹쓸 사랑에 휩쓸린
당신 옷고름 맞나요
당신 고무신 맞나요

너무 오래 엎드린 그대
이 구뎅이 저 구뎅이
금광 캐듯
여기저기
잘잘 물 흐르는 바가지
조각조각 맞춰서
비로소 당신인 줄 알았습니다
푸른 누비저고리 떨어진 단추 한 알에 눈알이 박혀
박성내 건너는 날이면
자귀나무 꽃 무더기 떼로 떠올라

자꾸만 길을 막는

아, 당신은 누구십니까

알항 같은 내가 옹기를 지고

열여덟에 할망들과 옹기 장사 나갔습니다
큰 항아리 그 안에
조막만 한 알항아리 세 개 담았죠

그러고선 양쪽에 가운데 묶고
옹기 위를 짚으로 덮어
난 등짐 지고 할망들은 집집마다 팔러 들어가고
큰 항 같은 할망 셋
알항 같은 내가
뒤뚱뒤뚱 걷고 걸어서 10리쯤 쉬멍쉬멍
가다 보면 팔이 저렸습니다
마을마다 돌면서 항 팔고 곡식 지고 왔습니다
알항은 피난처에 곱았던 나처럼
가만가만 숨만 쉬었습니다

옹기는 우리들의 밥이어서
서문 시장에 가서 풀고
조천장에 가서 풀고
삼양 가서 한 차 풀고
네 여자 함께 다녔습니다
둘은 팔고 둘은 또 옹기하러 가고

8월에 나가 새해 봄에 돌아올 때
사라호 태풍에 맞아 벚꽃 나무
길가에 다 드러누운 것들 보았습니다
아름으로 두 개씩 양쪽에 다 드러누운

그러고도 우린
한 차 팔고 돌아왔더니
어깨에 검은 멍 버즘처럼 내려앉았습니다

군인 간 친구 오빠 귀대 길에 애원해 포천
콩나물 공장으로 떠났습니다
밤새 키운 콩나물도 일등급이라 군부대 납품
휘황찬란 나이트클럽 불빛이 궁금해질 때
고향에선 시집가라 전보가 왔습니다

손 작작 트고
피 잘잘 일만 일만 하다가
꽃 청춘 잘도 갔습니다

사월에 쓰는 편지

혹여
사소하게 뒤척이는 가랑가랑 꽃잎처럼
안개 속에 나뒹구는 편지 한 장 못 보셨나요
봄 너울 휘장 쓰고 자박자박 건너오실 때
푸르싱싱 청대 숲 댓잎에 싸인 편지 한 장
어디 못 보셨습니까

어머니 아버지 누이야 형님 아가야
봄이면 돌아오신다던
당신 어디 갔다 이리도 늦어지나요
나 여기 이쯤서
그냥 그대로 기다리라 하지 않으셨나요

궁벽한 바람벽에 단단히 붙어서서
나 기다리라 하지 않으셨나요
봄나도록
속절없이 애만 타는 선홍의 명자꽃처럼
그저 나 하나 목만 빼면 되는 줄 알았습니다

행여 눈 맞출까 돌담 틈새로 그대를 보았습니다
꽁꽁 언 채 꿈마저 호송되던 그날,
그대 뒷모습

차마 맞추지 못한 그대 눈동자,
어디로 갔나요

날벼락 무방비에 말씀 한 장 없으시더니
천만뜻밖 편지 한 장

"목공일 배우노니 봄이 오면 기다려라"

산지포구 검은 바다에 서룬 넋 놓고 앉아

무정한 이 기다렸습니다

까락까락 는쟁이 털어넣듯 곡기 한 톨
넘기지 못하던 그해,
얼핏 그대 뒷모습인가 따라가다가
허방만 허방만 짚었습니다

왕대왓 쉬익쉬익 애끊는 용암의 밤
누군가 따라오라 한밤중 말없이 따라나선 길

사르륵 무리져 꽃비만
눈물로 쏟아지더니

시린 가슴팍 덜컹 치며 떨어진 그 것,

아, 그제서야 그대인 줄 알았습니다

자락자락 어둠 속에 묻힌다고
묻히는 것 아닐 테지만
사랑도, 비애도 그냥 묻히면
묻히는 줄 알았습니다
해 가고 달 가고 또 그러면
그만하면 잊어도 아주 잊은 줄 알았습니다

노가리 굴무기 쫭쫭나무 올라선 산전
그래 다 잊었다 잊었다 하였습니다
봉긋봉긋 오름마다 고사리, 연둣빛
또락지는 이 사월,

그대 보듯 늙은 손에 봄꽃 술 한잔
산 것들 강녕하고 강녕하오니
그대여 몹쓸 마음 줄 이제 그만 놓으십시오

제3부

동백, 그게 그러니까

내 그 꽃 핀 나무 동백
그 꽃낭 위로 올라 올라가
쪽 입 맞추면
꽃물 사르륵 입안으로 들어오는데
그게 화악 목젖 가득 물들이는데
몸이 잠겼습니다
다 큰 어느 겨울날
참아도 참아도 터질락 말락한
이 그리움,
그게 그러니까
그때 그 시절 입안 가득 붉게 물들였던
동백, 몸의 꽃물이었다는 것
깨달았습니다 뒤늦게

남매 생존기

1
다만 우린 구멍으로 보았어
갓난 동생 업고 가야 산다고 간
엄마는 오지 않았어
이상한 모자 쓴 사람들이 들이닥쳤어
밀고 당기고 총대가리로 과락과락
할아버지 할머닌 절대 버텼어
그때 총알이 튀어나왔어

우리 남매 갈 곳 없어서
아는 얼굴 누구도 외면하여서
길 위에서 오종종 배회만 했어
바롱바롱 불빛 치는데
아는 집도 눈치 없어서 돌아갈 집이 없어서
도무지 알 길 없는 길을 따라서
세상에 갓 나온 들짐승처럼
어디가 길인지 어디가 바단지 몰랐어
작은고모 큰고모도 울면서 손만 하우작
별빛 내리치는 언덕 길에서
삼촌의 밥 한술에 허기를 보낸 여윈 저녁에

2

담벼락에 찰싹 달라붙은 송악처럼
오도가도 못하는 어린 줄기들
안절부절 달도 감았다 떴다 몸 사리는데
손으로 붙잡은 빛도 돌각 말라가는데
부모 잃은 우리는 어디로 휩쓸려 가나
오늘처럼 붉어서 더 붉을 일 없다는
허한 노을 자리만 지켰던 거라

붉은 해 그 앞으로
쓸쓸한 얼굴의 여자가 웅얼거렸어
아가, 너흰 유전적 피가 끓잖아
그러니 죽지 않아
씨앗은 밤이 두렵지 않잖아

그 말 하나 품었어

어느 살아난 아이

홀로 살아남은 아이는
무속인의 집에서 자랐다
아무도 아이가 산에서 온 아이란 것을 몰랐다

잘 자라 소리 한번 들어본 적 없는 아이
아이는 오로지 중국집 주방 안에서만
자유로웠다고 했다

엄마의 몸에서 나던 마른 풀냄새만
유일하게 기억했다

따스한 어느 저녁 핏줄을 찾았다
아이는 떨면서 할머니라고 불렀다
구석에서 더운 밥을 먹었다

내리 일주일
어떤 새벽에 아이는 떠났다
아무도 붙잡지 않았다
아이는 한 번도 울지 않았다

다시 바람 속에 돌아온 그 아이 소문
다시는 올 수 없는 곳으로 갔다

그날, 수업 시간

아마도 2교시 혹은 3교시였을지도 몰라
창밖은 모래바람 흩날리고
잠녀 함성 짙게 타오르던 세화리 연두망 동산 너머로
파도는 더 이상 숨죽일 이유도 없다는 듯
미친 듯이 뒤엎어지고
우르르 빗장뼈 긁는 소리만 냈습니다

쿵쿵 갑작스런 발자국에
사상도 모른 아이들 두근두근
우리말 교과서에서 눈을 뗀 순간
"네 형 산으로 갔지"
새파랗게 질린 눈빛 겁 질린 얼굴은 확확 타오르고
선생님은 아무 소리도 못 하고 고갤 떨궜습니다
교실 밖 유리창엔 모래 먼지만
핏빛 사선으로 몰아치는데

끝내 울음소리 한번 못 내고
휘청이는 눈빛마저 떠밀려
교실 밖으로 나갔지 너는
위험한 예감이 휘익 스치던 순간
창밖 먼 파도가 비수 들고 창틀 찢어지던 소리
선생님은 잠시 후 떨리는 목소리로

허공에 대고
"모두 일어섭시다"
"묵념"
다시 고개를 들었을까
그날, 수업 시간

먼바다 질러 쿵쿵 달려오는 그날 쇳소리
어디로 갔니?
우린 이미 그 눈동자 만났는지 몰라
어느 날 어느 밤
다시는 쳐다보지 못했던 그 눈동자
하르르 연두망 동산 떠다니던 그 눈동자

이쪽도 저쪽도 가지 못하고
거기서 서성대는
어린 별 하나

북촌 이야기

마을에선 소리를 낼 수 없었다
곡곡
곡곡
곡소리 내라 하니 곡곡

아이들은 곡을 모르니 곡곡
아이고 아이고 모르니 곡곡
곡소리 하라니 곡곡

70년 전, 그랬다

10살 미만 상주들

꼴레이불 한 장

문철부

파슬파슬 흩어지네 진눈깨비
눈물을 삼켰을까 눈 속에 눈은 없고
방울방울 눈물 뿌리네
울지마, 울지마라
타버린 바람살에 엄마의 치맛자락 왜 팔락이지?
왜 깜장치마가 하늘로 동동 메아리치지?

니네 어멍은 죽으러 간다면서
앞장서 훨훨 걷더라
꼴레이불 한 장 던지고 훨훨 가더라

엄마는 왜 죽으러 가는 길
당당 노래하며 걸어가셨나
진눈깨비 몰아치는 모래언덕에
안고 가신 꼴레이불 던지고 갔나
깜장치마 홑저고리 달랑 한 장에
눈발 시린 어깻죽지 덮고나 가지

안고 덮고 눈 서린 꼴레이불 헤지도록 껴안고
자고 나고 자고 나는 밤
그땐 왜 몰랐을까
아이들아 떨지 마라 살았으니

억세게 지키거라
돌아오지 못한 그 발자국 유언
예감하듯 말씀 자국 꾹꾹 새기고 새겼던 것을

그렇게 씨앗 크듯 사는 법을 감당하는 동안
엄만 위잉 위이잉 진눈깨비 허적이는 길을 열어서
모래의 잠 속을 걸어가시나

해 진 저녁 헤진 꼴레이불 끌어안은 밤
살기 위해 엄마 안듯 얼굴 비벼대는 밤
휑한 마음 조각 언제쯤 기워지려나
이불 위로 내려앉는 하얀 눈의 별 하나
어머니 시린 꽃 문장 하나
땀 땀 눌러보네

모래이불 덮고서

바람 불고 눈 오는 교실 밖 건너 밭으로
엄마의 모래묘지 보였습니다
그날 어머니 꼴레이불 내가 덮고
어머니 모래이불을 덮었습니다

사락사락 눈발에 자음모음 흩어져 바다로 가고
내 눈은 덜컹 창 밖으로 창 밖으로 향했습니다
짚풀지붕 덮은 무덤 어머니 모래이불
바닥 치는 눈바람에 무너질까봐
어머니 누운 자리 드러날까봐
기역니은 이미 하늘로 날아가고
내 눈은 바다로 가고

청소 시간 남몰래 어머니의 묘지로 나갔습니다
삽자루 들고 나가 언 모래를 덮었습니다
돌아서면 다시 또 몰아치는 모래 폭풍에
한 삽 덮고 또 한 삽
눈 캄캄 귀 캄캄 가로막아도
모래이불 덮었습니다
어째서 폭풍아
너는 눈치도 없이 그리 일어나
휙휙 감장 돌면서 소리내 뒤흔드는 것이냐

정녕 마음 없는 모래야
너는 왜 꼭 짚풀지붕을 넘보는 것이냐
삽자루 들고 돌아설 때면
등 뒤로 따라오며 부르는 어머니 소리
귓가를 때렸습니다

그 겨울의 눈바람 소리는
어린 내 심장이 찢기는 소리였고
개들이
말들이
소들이
뱅뱅 도는 소리였고

나의 소년은

김명원

비명마저 봉한
학교 곳간에서 몸을 푼 어머닌
그 속에서 젖을 짜냈고
그러다 더 이상 나오지 않았습니다
여린 눈도 못 뜬 이 어둠과 저 어둠 사이
검은 파도 검은 새
마른 대지 덮치는 소리 들렸습니다

천둥 같은 젖몸살
단 한 번 풀기도 전에
구덩이로 풀썩 주저앉던 밤
눈치 없는 하현만 노란 입술
벌판 위에 데었다 남몰래 돌아가던 그 밤
별마저 달달달 잠 못 드는 밤

그날 이후 나의 밤은 없었습니다
주렁주렁 입만 벙싯하던 누이 셋
지켜내야 했던
나의 소년은

어둠 속 막내의 희디흰
목소리만 붕붕 떠다니는

그런 밤입니다
잃어버린 김가 성 찾아달라는

그 겨울의 식량

모두가 굶어야 하는 밤이 이어졌다
아기의 울음도 더 이상 먹을 수 없던
온 가족의 등이 동굴에 붙어야 하던 둥근 밤
아버지는 눈발 속에 엎드려 네발로 하산을 했다
그 겨울의 식량은 눌 속에 매장돼 있었으므로
어둠 흰 산 등판이 인간처럼 구부려
몸을 폭폭 감추더니
길눈이 되어 주던 눈발은
왜 밀고자가 됐을까 하필 그때
더 이상 참을 수가 없었던 걸까
한 번만 더 모른 척해주었더라면
한 번만 더 별의 눈을 묻어 주었더라면
한 층 두 층 눌 속 고구마
동굴 안으로 이동하려는 순간
아버지의 발자국은
끝내 더 이상 나가지 못했다

먼 데서 우리 집 밭갈쇠
소리 들렸다

"퉁!"

어느 잃어버린 마을에서는

붉은 가슴을 가진 새가 끼니마다
와서 볼록 팔딱이다 갔다
이후엔 그 자리에 앉아
가진 것 다 잃어버린 늙은 여자가
쉰 노래를 불렀다
눈을 쏘였는가
빈 벌판이 캄캄하다

아무도 없는 아이

일본 간 남자는 돌아오지 않고
난 방아공장 홀로 굴렸어
방아 돌리다 보면 바람개비처럼
그 속에서 쉭쉭
구멍 난 가슴 속 바람이 새는 거야

빈 가슴으로 아득 먼 바람이 흘러가면
하릏 눈물이 고여
저 바람 속 나만 아는 아이 눈망울이 보여

동쪽에서 소리 나면
서쪽으로 달리고
서쪽에서 들리면
동쪽으로 달리던 먼 그날

구름처럼 살자고 다들 산으로 갔어
한 번도 가보지 못한 산으로 갔어
열두 살 아기업개가 세 살 업고 뛰었어
청산이도 거기까지 오름 올랐어
어딘가서 마구마구 날아왔어 팡팡 숭숭
아무것도 모르니까
그 아기업개 맨 처음 졸락 앞으로 나갔어

콕 한 방이야
아기 업개도 아기도
새처럼 한 방에 굴렀어
붉디붉은 것들이 계곡으로 엎어졌어
엄마도 아빠도 없던 아이
그 아이, 벗 같던 아이
이름도 모르는 아이
나만 알던 그 아이

어디서 온 지 모르는 아이

동산은 아직도 나를 보내주지 못하고

이제 그만 나를 보내주자는
약속을 하지 못한다
난 오늘도 도저히 건널 수 없어
눈발 치는 그 동산 그 나무에선
뜨거운 산통이 흘러나와
그것이 얼마나 깊고 깊은 것인지 모르지

아무도 달래지 못하는 슬픈 노래
그 맨몸의 과거는 불문율이어도
고여있다가
고여있다가
꼭 그런 날이면 가로지를 수 없어
독 안에 갇혀 펄럭이던 사람들
헛것들도 알 수 없는 인간의 일들

어린 눈은 왜 그것을 보라 보라한 것인가
돌아서 눕는 별들을 보라 보라한 것인가
둥근 나뭇가지에선
흥글흥글
못 볼 것 본 자들의
깊은 울음이 파도치는 거지?
거품을 벤 검은 울음이 눈 덮인 동산을 때리는

카악카악

바람 찬 날이면 꺼질 듯 말 듯
저 홀로 우는 나무
몸통 베어내 새로 피어나는 퍼런 몸
흔적을 지우며 운다

누가 나를 기다리지?
도저히 넘을 수 없는 동산
흐린 가지 위로 은빛 허공 흔드는 까마귀의,
가악가악
동산은 아직도 나를 보내주자는 약속을
하지 못한다
다만 나는 앞마당의 자두가 붉게 익는
시간을 기다린다

삼발이를 쓰려거든

삼발이는 이렇게 쓰는 거야

부잣집 쌀독을 타 넘는
그놈들을 잡아야 해
저 생쥐를 다룰 땐 말이야
불은 이렇게 살금살금
그리 화락 피우면 못 써

안 먹고도 볼록한 오름만 한
배를 감출 길 없어
멍하니 퀭한 눈동자만 굴리던
어린 동생의 특효약은
그 길뿐이라고

삼발이를 발발 달구던
그해의 한낮
동생의 배앓이에 특효약이라고
저무는 부잣집 쌀독 앞을
마냥 기웃거렸습니다

아, 그보다 지금도 잠 속에서
눈이 반짝 뜨거워지는 건

먹다가 남은 남비 앞에 쪼그려 있던
동생의 뒷모습입니다

아이가 아이에게 전하는 눈의 말

1
모른다고 말했어
마음에 있는 아이가 있어
아이가 아이에게 전하는 눈의 말이야

2
눈을 봐
눈 속에 한 아이가 있어
눈보라 속 떨고 있는 아이
아니, 본 적 없는 짐승 같은 울음이었을 거야
사흘 내리 울었어
홀로 언 보리밥 차롱을 열었어
딱딱한 알갱이들이 침묵하고 있었어
신발짝에 내 집 번지가 적혀 있었어
이불 갖고 온다던 아빠는 돌아오지 않았어
버려진 아이가 아니야
데리러 온다 했어

3
짐승의 울음 같은 아이를
누군가 거두고 가던 밤이었어
난 꼼짝 없이 기다렸어

불타는 방엔 아버지가 사준 고무신
그것을 기다렸어
아무도 믿지 못하겠지만
오로지 그것만을 기다렸어

4
아직이야
아직도 떠나지 않고 있군
동굴 밖 죽은 새를 땅에 묻었어
굴 밖으론 형상도 없는 아버지가
군모를 쓰고 저벅저벅 걸어가는 거야
불러도 대답 없어
내 입속에서 자꾸 뛰쳐나가려는
말들이 나오다 눈보라로 횡횡 흩어졌어
아이는 본디 혼자가 아니었어

5
사랑하는 사람은 저 머나먼 곳에 있고
모르는 사람과 혼백으로 만나
혼례를 치르고 아버지
어머니 우리들의 길이 너무 멀어요

6

알겠다
우린 천둥의 밤을 지나온 자들이어서
차가운 물 속에
손을 담는 순간
일어서는 기억 한 조각
잊지 마라는 엄마의 그날처럼

7

하얀 포말은 멀리서 보면 갈치 떼처럼 보였어
푸른 바다는 고등어의 등빛 같았어
갈치와 고등어가
산 아래 들판을 이룬 바다였어
그랬어
햇볕에 그것들이 다 배를 드러냈어
파도가 가볍게 치다가 다시 미친듯이
바람이 세게 맞서다가 다시 가볍게 물러서는 거야
기억이 지푸라기를 잡고 놓아주지 않는 거야
이제는 새까맣게 탈 만도 한데 그렇지 않아
태어나 한 번도 바다를 본 적 없는 아이였어

8

아버지가 죽었어
울음소리 커야 효자라고
곡 소리 내라고
삼촌들이 그랬어
일어서서 울라고
앉아서만 울었어
일어설 수 없었어
남몰래 숨겨둔 주머니 속 꿩알이
그만 내 아랫도리를 적셔버렸어
창피해서 울고
서러워서 울고
나의 그 해는 그렇게 갔어

9

더 이상 앞으로 나아갈 수 없는 파도
망자의 집은 거기에 있어서
그 지점에 닿을 때까지 걸었어
더 먼 거리를 걷고 있었어
거리는 뜨거움과 차가움
어느 한쪽으로만 흐르진 않아
뜨거운 목소리가 달빛 아래 꺾여서
구름이 모래 속으로 스며들고

달이 그것을 밀어 넣고 있었어

북해도 탄광서 온 아버진 쿨룩이며 약을 먹었고,
고모는 한 잎 나뭇잎처럼 허망하게
오사카행 군대환 탔어
숨을 곳 없이 온 사방이 환해서
자기대로 살아서
홀로 살아서

10
한 아이가 그 속에 있어
우리는 때로 떠나보낸 아이가 사실
떠나보내지 않은 나란 걸 잘 모를 때가 있어
우리는 때로 지켜야 했던 아이가
지킬 수 없었던 나였던 사실을 잘 몰라
어디로 던져질 것 같은
목소리의 아이가 거기 있었어

그렇게 우리들의 한 시절이 갔어

우리들의 전언[*]

여기에 인간이 있었다 삶이 있었다
우리는 죽은 자들, 죽었으나 죽지 않았다
우리는 캄캄한 굴속
연기에 갇혀 연기에 떠도는 자들
사라지지 않는 자들이다
우리는 다만 살기 위해 깊이 들었을 뿐
마지막 숨이 막힐 때까지 서로를 놓지 않았다
엄마는 한 줄기 숨을 아이에게 주었고,
연기의 소리가 인간에게 닿기를 기다렸다
부디,
우리를 기억해 주기 바란다
우리의 그날이
당신들의 존엄이기를
희망이기를, 평화이기를
당신의 그 자리,
서럽도록 아름다운
다랑쉬의 명예를
지켜주기 바란다

이제 우리는 두려움 없는 파도가 되었다
당신들은 우리가 그토록 찾던 봄이다
그대, 그러니 더 이상 슬퍼하지 말기를

이것이 우리들의 전언이다

다랑쉬굴 방사탑의 비문

호적을 찾아서

1
일본 간 작은 아버지 셋째 딸로
이름 올렸습니다
얼굴 한 번 본 적이 없는

난 날 난 시 버젓한 내가 그걸 못 찾아
내 생일은 노오랗게 감 익은 음 구월
아들 셋 한 방에 보낸 할머닌
고아 자매 혼삿길만 터주자 흔적만 넣자
관공서 밥 먹은 이웃 삼촌에 돈 주고 당부했다지
동생 생일은 그보다 서너 살 아래면 되네

삼촌은 호적계 가던 길에
오꼿 술 한 잔 받아먹고
이름 까먹어 관청 가선
노란 감 하나만 떠올랐다네

한날 트럭에 실려 간
화북 동네 물통에 아버지 죽고
어머니 한 방에 가서
갈데없는 자매가 이름도
난 날도 멋대로 살아

평생 노오란
감 한 알 먹을 때면
감 앞에 놓고,
네 생일이 내 생일이냐 되묻지

2
아버지 제삿날 붙잡혀 갈 때
외도 친척 집 다녀오던 어머닌 만삭에
당했습니다
친족이란 구촌 삼촌이 가장 가까운 내가
한 살 때 아버지 잡혀가
두 살 때 죽었습니다
세 살에 외가에 맡겨졌다가
열넷까지 보육원 아이
핏줄 없이 15년 살았습니다

난데없이 나타난 생전 구촌 삼촌이
네가 종손이라고
고등학교 졸업하면 너희가 제사를 해라
제사 벌초할 때 처음 본 얼굴입니다

야간 졸업하고 공무원 되었습니다
열여섯 번 명절에 세 번 더해
열아홉 번 했습니다
우리 삼촌님 보육원에 출생 신고
하지 않았습니다
세 살 아래 호적에 올렸습니다
한 가지 분명한 것은
내가 태어나 한 달 내 아버지 떠났으니
진짜는 1948년 8월생
호적엔 1950년생

어째서 이런 일이 벌어졌을까요

3
아버지 경찰서에 끌려가 내란죄
15년형 받고
순경과 재혼해 버린 엄마라
난 할아버지 딸이 되었습니다

4

호적이 없습니다
하나 남은 알처럼
동생도 나도 두 이름자만 달았습니다

기름떡

기름 냄새 폴폴 나는 섣달 열여드레
집집마다 솥뚜껑 둥그렇게 돌돌
기름을 두르는 거야
그 위에 찰진 동그란 달 하나 올려놓고
동글동글 익히는 거야
감장 돌도록 속을 뚫고 뚫고
속간장 울궈내던 그 냄새라니
그날은 환한 잔칫날 우린 곱을락* 했어
식겟집 아이들은 신이 난 거야
하루 종일 기름 냄새 따라가면 다 잔칫날
제삿집 아이들은 제일 힘이 세다고

가슴팍 찢기는 마을 길 위로 아이들 소리
사나흘 전부터 할머니 집에서는
풀빵 냄새 폴폴 휘도는 거야
발효를 기다리는 막걸리 빵
익어가는 냄새가 넘쳐
할머니는 일본서 가져온 그 하얀 머릿수건
쫙 두르고 허리엔 또 수건 하나를 차는 거야
제삿날 가까워지면 할머니는
흐리고 푸른 치마를 입는 거야
제삿날이 가까워오면

할머닌 눈도 아파 오는 거야
안경 너머 줄줄줄 눈물이 흘러

히로시마 건너 오사카서 온 할아버지
만나러 가는 걸까

달착한 기름 냄새에
온 바다 넘실 입 벌리며 달려 오는데

숨바꼭질

아이들을 위한 애가

아가
어떤 묘비명을 새길 수 없는
네 생아
그저 여기 꽃으로 흔적을 남겨두겠다
섬의 골골마다 깊이 박혀서
찾을 수가 없구나 너를
검은 눈 속에 너를 묻고는
뒤돌아보지 않았다

너는 내 빈 가슴을 손으로 두드렸지만
나는 네 얼굴에 내 얼굴을 대었지만
이미 너는 하르르 눈이 덮여서
나를 볼 수가 없고
나는 더 이상 너를 볼 수 없어
미친 폭풍우가 탕탕 몰아쳐 우리들의
손아귀에서 너를 앗아가고
나는 너를 놓치고 말았구나

눈보라가 파도처럼 숨을 몰아쉴 때
그들은 타는 눈물마저 그냥 두지 않았지
눈부시지 않은 한낮이 지나고
아무도 보러 오지 않은 저녁

나는 너를 잃고
검붉고 무고한 덫에 걸렸구나
나는 어떤 항소할 틈도 없이 바람처럼
먼 길을 가야했어

눈 속의 얼음꽃 너는 기꺼이
진분홍으로 피고 또 피어나겠지
네가 돌아온다면, 다신 잃지 않을 거야
미친 눈바람에 빼앗긴 채 울지도 않을 거야

행복이란 언어를 사용해 본 적도 없는
사랑이라 속삭여 보지도 못한
연한 살의 부드러움에 대해
말해본 적 없는 너를 위해
무엇이 어떤 무엇이 되든 손을 모을 거야

다시 살아오겠지 너는
별처럼 반짝이며 손을 흔들며 오겠지
구름의 나라 달리며 오겠지
바람으로 휘감은 어깨를
요동치는 지진이 아무리 친다 해도
내 가슴에서 자라는 네 숨결을 당할 순 없지

한번 뒤돌아보는 순간 그도 같은
길을 걸어야 하는 법
아가 다음 네 생일엔
분홍의 병풍을 치고
오색 저고리에 고운 한 상을 차리자

그러니, 오거라
초록 움켜쥔 손으로 오거라

제4부

슬픔 없는 사랑이 어디 있으랴

어떤 깊은 안개에 싸여 총총 오셨다 그대는
이 골 저 골 바람 부는 생 위를 휘적이다가
길 위에 떨어진
한 세기가 지난 엽서처럼
붉은 가지 같은 손을 불쑥 내게 건넬 때
나는 눈치챌 수 없었다 그대를
저 대지 위를 흔드는 나무의 결국을

그해 겨울부터 그대는 오지 않았지만
다시는 돌아오지 않았지만
그날 실종된 언 땅의 어린뿌리는 깊고 깊었다
이제는 안다
때론 미소가 어떤 고통보다 더 슬픈 것임을
때론 미소가 어떤 슬픔보다 우위에 있음을
얼마나 슬픔과 미소가 교차해야 그대는 오는가
우리 가는 길 위에
모든 이별 위에
모든 하루 위에 살아있었다
당신의 미소는

그러니 그대, 겨울에도
아그배꽃잎처럼 그대의 미소를 날리게 하라

슬픔 없는 사랑이 어디 있으랴
모든 황홀은 슬픔 뒤에 온다
그대의 답신이 오지 않아도
나는 그 자리에 서서
그대를 기다린다
아득하게

콩죽을 끓이며

동지 찬바람 횡횡 몰아칠 땐 생각난다
어머니 보릿대 불에 휘이 젓던 콩죽

차가운 생 하나가 바다로 간 이른 저녁
함께 쪼그려 앉은 어머니의 보리낭불
죽솥은 가라앉은 고요로 시작한다
마른 보릿대불 넣었다 뺏다 강약으로
서서히 밀고 당기다 보면
파들락 끓어오르는 그것

절대 일어서지 마라
일어서면 당한다
어머닌 신신당부하셨다
콩가루에 흐린 조는 푸닥푸닥
화르륵 넘치면 그야말로 순간의 빈 솥
아무것도 없다
여린 손이 죽의 포물선을 살살 휘저어 가자
파도처럼 파짝
튀어 오르던 콩죽
아무려나 저 솥 안의 것이
무슨 파도 같은
비수를 품고 있을라고

일어서 헛눈질 하는 순간
콩죽은 온몸에 폭죽처럼 퉁겨 올랐다

알겠느냐
생에는 더듬더듬 건너야 할 고랑 있다는 걸
누구나 한바탕 몸부림 치는 순간 있다는 걸

어머닌 뭉근 불의 강약을 조절하였다
그렇게 고요히 진심을 다하다 보면
어느새 그 파도 콩죽의 뜨거움은 진정되어서
포슬포슬 따스한 구름으로 피어올라서
한 겨울 내 오장엔 기름이 도랑도랑
질기고도 차가운 생을 데워 주었다

비양도 미역에 대한 기억

팡팡 눈 내리는 밤
파도가 검은 돌담을 넘는 밤
밤과 밤 사이 바람 부는 밤
벽 틈 사이 어둠 스며드는 물의 기슭에
나는 몰래몰래 달의 눈을 빌려
바다를 들여다 보았다

달밤에 훤히 제 몸 드러낸 누런 미역,
달의 얼굴처럼 다가오던 그것들
비릿한 달은 너를 비추고
나는 달의 눈썹에 기댔다
희미하나 그것들은 비양도 밤바다를 향해
몸을 풀고 있었다
층층 멀어지는 난청의 바다로 귀를 곧추세운 채

나는 물개처럼 그것들과 협상을 하고
바다의 집에 마음을 주고 말았다

아침엣 것 햇살에 널어 말리고
저녁엣 것 달빛에 널어 말려
달의 눈 아래서 만삭 물질
물 이랑 골골 캐고 캐다가

올라와 아이 하나 낳고
사르르 눈물 쓸리는 소리
그 소리 들었다
깊은 난청의 바다에서 살찐 너는 기어이
그물 주머니 하나 가득
새벽으로 괴어 올랐다

그해 가을 녹하지, 아버지 일기

이미 구월의 풀꽃들이 덕지덕지 숨죽인
풀밭 위에선 따뜻한 심장들이 즐비하였네
그 가슴 곡할 새도 없이
함께 흙이불 덮을 새도 없이
별들이 눈가를 덮어 줄 뿐이었네

순식간에
쇠똥 말똥 묻히던 무명 바지 소년의 심장도
푸르름에 파들대던 새들의 노래도
높고 낮은 구릉에서 주절대던 새하얀 으아리도
노랗게 실신하였네

이리 뛰고 저리 뛰고
난 꿈속처럼 뛰어도 제자리
달처럼 은신처로 달아날 새도 없었네
꼼짝없이 사방에서 날카로운 돌벼락이 내리쳤네
거대한 암석이 나를 살렸네
화산의 녹하지에서 이 산 저 산
어린 말처럼 펄펄 뛰어다니던
나의 소년은 보이지 않았네
더는 이 땅에서
함께 기쁨을 노래할 수 없었네

더는 이 바다에서
함께 슬픔을 구술할 수 없었네
딱 거기까지였네

기수역

산란에 임박한 황어는 어린 황어를 기수에 둔다
부화된 치어들은 여기서 잠시 살아야 한다
강 하구 연안에서
홀로 사오 년을 살아야 한다
바다로 바다로 나가려면
여기서 머물다 나가야 한다

어쩌면 삶이란 그런 것 아니겠는가
기수역에 살다가
어느날은
사력 다해 바다로 이르기 위해
그렇게 밀어가야 하는 길

강물과 바닷물이 서로 마음 섞는 기수역처럼
그곳에 잠시 몸을 준 어린 물고기
전어 숭어 문절망둑처럼
강과 바다 마음대로 유영하는 그들처럼
우리도 때로 마음 섞는다면
어쩌면 우린 모두
기수역의 생 아닌가

언젠가는 하나에 이르기 위해

하나 된 바다로 이르기 위해
사는 어린 물고기 같은

강물과 바닷물이 만나듯
한번은 만나야 하는 기수역의 삶 아닌가

어쩌면 우리의 삶이란
이편과 저 편의 어린 것들이
기어이 만나야 하는 그런 아득함 같은 것

바람의 흙을 떠난 언어는

김시종 시인

풍경이 푸른 빗발로 흩어진다
간사이공항으로 가는 길
소년의 눈에 담겼을 바다를 바라본다
당신의 언어는 건넜다 오사카로
납작납작 돌 틈에 달라붙은 애기보말처럼
희망은 엎드린 채 숨을 쉬고
당신은 그렇게 숨을 죽였다

낮은 바닥에 숨을 죽인 유목민의 언어를 안고
조국을 건넌 언어는 경계에서 맴돌았다
여든의 바다를 건너 귀향했으나
당신이 부르던 노래는
분명 그날까지 견고하였다
낯선 땅을 휩쓰는 당신의 언어는
결코 공출당하지 않았다
그때 꿈꾸던 희망은
분명 그 바다에서도 잠수하지 않았다
침몰하는 바다를 건너, 건넜으나
스러지지도 않았다 당신의 언어는
화산회토가 태평양의 바람을 빨아들일 때

이미 하늘로 귀를 세운 나무처럼

쓰루하시의 눈물이 질퍽거리는,
니가타의 눈물이 흐벅진,
홀로 건너온 당신의 언어가
오늘 내게 말을 건넨다
바람의 흙을 떠나서 죽은 줄 알았던
나의 언어가
또다른 바람의 흙을 만났다고
잿빛 하늘 아래서도
고향의 대천 바당에서도
부끄러웠던,
억누르지 못한 눈물이었다고
뼛골만 남은 가지를 쳐서
당신의 언어는 통통 대나무
마디를 깨무는 울림
소살소살 대숲 더듬는 소리
끝내 한쪽 눈이었으리
당신은 눈물의 한 증거였으리
돌연 풍우타고
돌연 대양으로 가벼이 떠나는
당신은 화산도의 한 흙바람이었으리

밀라이

기억하지 마라, 밀라이
모든 어둠을 그릴 수 없으니

송악 넝쿨마저 살아 오를 수 없던
황량한 벌판, 모든 희망이 곤두박질쳤다
서른 날을 내리 천둥 벼락 퍼부었으니,
흔적도 없다
나무도, 집도, 없다 흐르는 건 아이의 숨결
고무나무도, 땅벌레도 맨바닥을 내보였으니
울지마라 절대
울담 밖으로 흘리지 마라, 아가야
어린 눈동자 더 이상 가둘 곳 없었다, 밀라이

휘도는 바람 한 자락으로 살아나 말을 거는
섬 곳곳 버티는 그 눈망울,
결국 젊어서 죽지 않은 용암처럼
언젠가, 너는 돌아올 것이다

기억하지 마라
한라산 중산간 시린 아이들아
퀭한 들판의 초록마다
푸른 이파리마다

파르르 새잎 같은 너희들 눈동자 자꾸 따라 다닌다
안쓰럽게도
흔들리는 풍경 어디로든 따라 다닌다
비린 물매화, 그 위로
다시 휘덮는 또 다른 눈망울

기억하지 마라, 밀라이
온몸으로 콕콕 파고드는 고통만큼
황홀하다 우리의 대지는
깨어난다, 흐린 기억 위로

사이공 강가의 부레옥잠

아침 5시,
깜박거린다
사이공 강가 위를 지나가는 거룻배
강 위의 잠을 깬 어둠 한 그루
여인의 긴 팔이 펄럭인다
손을 들었다 검은 그림자
부레옥잠과 흉내쟁이 새와 도마뱀
핏빛 강이 어슷어슷 흔들린다 부레옥잠
나도 함께 흔들린다
어떻게 흘러왔을까 저 환한 것
자꾸 밀어낸다
거기 그 아물다 만 보랏빛
기어이 기어온다 뒤쳐져
흔들리고 미끄러지면서
함께 당도하지 못한 애기 부레옥잠 하나
누가 떠미는가
썰물에 당도했다가 밀물에 떠나가는
뒤뚱뒤뚱 걷듯이 내게로 오는 듯 떠나가는,
어디로 가니
돌아서며 웅얼웅얼 어디로 가니
흐르고 흐르다 미끄러지듯
만날 날이 있을 테지요

어디선가
당신 선 그 자리에
애기 부레옥잠 하나 보이거든
기억해 줘요
우리들의 얼굴을

산다는 건

비학동산

산다는 건 넘어가야 한다는 것
저 동산을 넘지 못하면
굽을 볼 수 없다는 것
울지 말아야지
거기엔 굽이 없어서
아무리 우는 밑굽을 베어낸다 한들
흔적도 없어지겠나

결국은 그대로는 도려낼 수 없는
증거들을 흘려보냈네

무성하게 새 향이 만개했는데
그 나무가 그 나무였던 거 맞지

운다는 건 밑둥을 내보이는 것
우지마라 산 입도 못 먹는데
남들처럼 우는 날 있겠지
우는 통 휘감은 그 목소리, 도망치지 마

산다는 건 저 동산을 넘어가야 한다는 것
만질 수 없는 동산의
우는 나무

하늘을 쪼아도
한 방으로 건너
건너야 한다는 것

아무리 울음의 밑둥을 잘라낸다 한들
새 축을 심어놓는다 한들
뿌리의 뿌리는 이미 그 소리를 들은 자
오로지 소리를 듣기 위해
그 자리에 있지

푸른 새벽과 검은 새벽 사이

백합을 찾아서

밤새 동백은 따로이 문을 두드리는데
너는 가고 없구나
붉은 모래밭을 지나
푸른 새벽과 검은 새벽 사이

너는 어디로 갔구나
푹푹 쳐대는 싸락 우박을 만나
모래밭을 건너 떠났구나
에미보다 먼저 떠난 딸아
백합보다 더 고운 딸아

네게 먹일 주먹밥 밤새 만들어 달렸다
너는 떠나고
바다로 떠나고
어미는 뒤늦은 후회가 부끄러워
한없이 부끄러워
다시는 산지항 그 바다로
가지 않았다
나 홀로 돌아서기 싫어서
너를 두고 가는 것만 같아서
그 부두로 가지 않았다
휘말리는 넝쿨단처럼

무엇에 휘말리지도 않았던 백합아
정말이지 나는 한갓 부끄러운 에미였구나
청춘은 한바탕의 눈보라인 것을
단숨에 훅 날리면 그만인 것을
목숨값 그것이 무엇이라고 망설였더냐
나는 또 무엇을 기다렸더냐
흐린 그 부두에서 마지막 주먹밥알
떼어내고 부서져
안 보일 때까지

검은 바다 건너서 부르는 노래

통통 갈치배에 웅크린 열일곱
검은 바다 널뛰며 건넜습니다 그해 초겨울
미친 파도에 까무라치며
죽을 둥 살 둥
파도를 건넜습니다
네, 모두 잠든 밤을 택하였지요
그대 몰래 떠나는 길에 고향의 눈비 내리더니
펑펑 내리더니
간절한 말 묻었습니다
할머닌 굽은 채로 손짓만 하였습니다
"미안허여이, 죄어신 죄인인게"*
쫓기듯 떠나는 바다, 날선 기억도
사랑도 넘었습니다
매일 밤 호롱불에 비념하던 할머니 그 소리,
사위어 갈 즈음
멸족 피해 남은 검은 새 하나
꺽꺽대며 경계를 넘었습니다

혹한에 얼어붙은 낯선 거리 들쥐처럼 헤매이다가
다닥다닥 어깨 맞댄 도시의 불빛 속에 머물러 사는
정든 사투리 들었습니다
나 또한 비집고 들어가 어린 풀잎으로 비볐습니다

기계 소리 고무 냄새 눅눅한 강바람 그 언덕,
아라가와, 아다찌, 우에노에도 한라산 기슭 아래
그쪽처럼 볕이 들고 바람 불고 그랬습니다
고향집 돌담 타 넘는 질긴 송악처럼 공장도 마을도
마침내 단단하게 뿌리내린 땅,
밤마다 넝쿨처럼 무성한 고향 꿈길은
막을 수가 없었습니다

그때 그 시국, 분별없는 눈빛들이 꽉꽉 밟아 누른
화산 땅 도처엔
돌 속에 가득 채운 어린 신음들
차례로 부모 잃은 아이들
차례로 아이 잃은 여자들
한라산도 소스라쳐 부릅떴다
눈 질끈 감은 그해 그 시절,
산으로, 바다로, 동굴로 간 사람들
보이지 않았습니다
흐린 새벽 차마 울음터 찾지 못한 할머니,
콩밭 귀퉁이에서
웅얼웅얼 가슴 치던,
그 소리 들리지 않았습니다

먼바다 건너서 기별이면 통곡이더니
뼈 없는 제삿날만 오고 가더니
때로는 황망한 북쪽 바람 굽이칩니다
언 땅엔 형량 없는 들꽃이 폈다 지는데
봄쑥 쑥쑥 자라 향내 지는데
고향에선 유물처럼 발굴되는
층층 뼛자루 소식입니다
유전 혈육 찾아낸다 그리 하더니
부스러진 고무신 구두 버클 도장으로 눈을 뜨더니
끝끝내 소멸돼선 안되는 기억입니다

이제야
비리고 비린 해변에 서서
그해 그날 손짓하던 할머니 소리 듣습니다
검은 바다 타 넘을 때 언 눈의 검은 새 하나
폭설에 묻혀버린 어떤 목숨 콕콕 찾다가
베갯머리 동백꽃물 흥건한
이 봄길 저 봄길 지나가다가
연처럼 오무린 할머니의 그 속삭임 듣습니다
야야, 물어봐라 어디 흙으로,
바람으로 돌아오는 사람 없는지

길 잃고 헤매다 흘러든 이 땅,
녹슨 철길 가에 풀잎처럼 홀로 엎드려

미안하구나, 죄 없는 죄인이어서(제주어)

통증보다 더한

소한 지나 사흘째
창밖은 기억처럼 눈발 날리는데,
어머닌 뼈의 말 속에 갇혔습니다.
뼈와 뼈끼리 부딪혀
옴짝달싹 말을 삼켜버린 소한,
일흔일곱 몸의 지주대
어디론가 흔적 없이 사라진 연골 대신에
새 관절로 교체했습니다
눈발 속 떠나버린 언 사랑 하나에 꾹꾹 참듯이
새로 얻은 사랑과 길들이느라
어머닌 한밤 닳도록 통증과 싸웠습니다
대한 지나 입춘,
묵은 것과 작별은 통증처럼 힘겹듯이
해마다 절룩이던 아픈 봄날의 관절
이제 곧 안녕인가요 어머니

떠나간 관절 대신 새 관절에
봄물 그득 차고 차오르면

입 다문 말

오계숙

독립운동 아버지 사상에 걸리더니
1년살이 감옥에서 나오더니
오갈 데 없는 아버지 찾아
어머니 부산 물질
서슴없었습니다

바람결에 돌아온 어머닌 그날로 붙잡혀
주전자로 코에 물 들이붓기
전기 고문 그도 모자라
발가락에 전기 꼽기라
끝내 난바다 잠수처럼 참았습니다
다섯 달 애기 밴 덕에 풀렸습니다

그 밤, 어머닌 검은 얼굴로 돌아왔습니다
어디서도 당당한 하도리 상군 해녀 우리 어머니
그 고문의 일은 소문으로 돌고 돌았을 뿐
어머니는 다문 말 한 번도
올리지 않았습니다

갑자기 위협하던 헛총에 놀라면서
살아낸 할머니처럼
밤마다 탕탕 튀는 가슴을 눌렀습니다

어둑 저녁 메밀 신고 밤길을 걸어
발갈쇠에 의지하면서
끄덕끄덕 내려오면서
돌레떡 만한 달빛에 달랬습니다

이리저리 흔들리는 바위처럼
발 붙지 못한 사위들한테
어머니 평생의 말
"미안하다"
"착하다"

제5부

물에 드는 시간에

해녀 한장만

정월 초닷샛날 단 한 방이
우리의 약속을 갈랐습니다
내가 물에 드는 바로 그때에 당신은
혼인신고 한다고
도장 하나 들고 나갔습니다
그깟 시계 그놈한테 풀고야 말 지
왜 질질 끌려 나갔을까요
모래판에 마지막 그 도장 꽉 눌렀습니까

아십니까
내가 할 수 있는 일이란 고작
갈옷 하나 들고 가던 민망이어서
고작 물숨 참는 일뿐이어서
들썩이는 뜨거운 모래 능선에
엎드려 당신의 숨결
그만 고요해질 때까지
빌고 또 빌었습니다

아십니까
당신 사랑은 참 따가운 역설인 것을
살아서 그립고 그리운 사랑은
유난히 붉디붉어서 당신의

몸인 줄 몰랐습니다

그날 이후 나의 생은
폐허의 차운 모래 위
긴 목 여린 발가락으로 홀로 툭툭
바닥을 두드리는 파란 눈의 해오라기라
바닥을 치고 또 쳐도
다시 또 나는 제자리인
참으로 따가운 적막 같은 거란 말입니다

왈락

해녀 양병생

나는 왜 물에 있는 거지?

그때 그해
황해도 물질 가서
물바람 속 고향 소식 들었습니다

물에 들어 왈락 하면 물 위로 솟았습니다
어머니 죽었단 소식에 왈락 오르고
그 눈 위 어머니 가슴에 엎어져
어린 눈 감았다는 어린 막내 떠올라 왈락
눈이 고운 열일곱 내 동생
아버지 손잡고 살려달라 굽이돈 마을 어귀서
한 발에 고꾸라졌단 소식에도 왈락 했습니다

등과 등 맞대던, 피와 피 섞인 사람들
다 가고 없는데
나 혼자 물속에서 뭐 하는 거지?
나는 뭐 하는 거지?

그도 모자라
산으로 간 내 사랑 끝내 죽었단 소식 듣던 날
물 눈은 모래 폭풍

온몸으로 바다를 끌고 끌다가
타향 바다 갯바위에 올라앉아서
필사적으로 쓸려오는 눈동자와 싸웠습니다

물 아래 바윗살에
무르팍 이리 치고 저리 치는데
구멍 숭숭 생기는 줄도 모르고
한 조각 분홍 심장 타오르면 올랐습니다
귀가 막힐 때마다
허청대는 물발 등을 찍었습니다

비틀대며 배회하던 슬픈 물질의 날
바다 소금이 울음을 살살 치고 있었습니다
눈물이 바다였다가
바다가 눈물이었다가
문득 손에 잡힌 것들 놓쳤습니다
그냥 움켜쥐지 않고 올라왔던가요
수없이 버렸습니다
잃는 건 두려웠어요

사라지지 않고 오는 생은 어디 있나 몰라
그런데도 포기 할 수 없어

붉은 눈물 휙휙 속바람 날리던
한세상 무너졌다 세우던, 그때 그해
황해도 물질

지금도 왈락 합니다

나 불붙게 산 여자

해녀 정자

나 불붙게 산 여자
불 속 건너온 여자
세상천지 혼자여도
기죽지 않고 불탔어 불

나 풀 한 포기 없는 허허벌판에서 헤엄친 여자
아무도 없어서
이리저리 불 속에 살아
주홍의 테왁보다 더한 불구름에 산 여자

닷새마다 열리는 채소장에
좌판 벌여 합죽 웃는
여든 해녀 마사꼬 있어
아무렇지도 않게
외꺼풀 감실대는 일본서 온 옛 친구
보고 온 날은 어째서 삭삭 얼굴이 달아오르지

그해 겨울 통으로 피붙이 잃어
첫 물질 든 날
하우작 물속 빈 망사리가 너무 창피해
몰명한 마사꼬 미역 한 줌 콱
낫으로 나꿔채는 순간

물 아래 번지던 그 붉은 소용돌이라니

얼굴엔 깨알 천지 키 작은 그 아이
다리 베어버리고만, 어쩌다
그 한낮의 바다

퐁퐁 숨은 막히고
더 이상 잠수의 깊이는 없어
물 위 세상 너무 무서워
어둑도록 물오리처럼 뱅뱅 돌던
열다섯 그해 그 바다
입 벌린 붉은 미역귀 얼굴 찰싹 때리던
그 바다

마사꼬,
아나 몰라

아직도 도근도근 가슴엣 불타던 물의 순간

나 불붙게 산 여자

물도 불

一　불속물

구태여 말할 일인가

물엣 일은 척척이어도
가갸거겨 몰라 부끄런 내가
복지관 한글반 다녔다

내 앞에 빨간 하이힐에 언발란스 꽃원피스
해맑은 그 여자
부끄럼도 속삭임도 모르는
칠십도 넘어선 새빨간 입술
구태여 고백할 대목도 아니었는데
자기 아버지 비밀을 뱉어 버리네
백일 딸 보고 싶어
산에서 내려오다가
그만 따따발총에
맞아버렸다고
아무렇지도 않게 말해 버리네

어디 그게 할 말이냐고
난 속으로만 중얼거렸다

내 이름자 못 써 복지관 입학하던 날 가슴은
통곡으로 바닥을 쳐도
절대 그 이유를 말하지 않았다

난 마음으로 선 딱 긋고 절대 말하지 않았다
그게 어디 이리 터진 대낮에 할 말이냐고
속으로 속으로
깍 소리를 눌러 앉혔다

내 이름자 쓰고 그 아래
꼭 쓰고 싶던 첫 글자 썼다
젤 어렵단

'꽃'

고래와 아기와 해녀와

방향은 하나
상처 입고도 우린 한길로 갔어
오로지 한 방향밖에 없는 줄 알았어
갈기갈기 파산한 바다가 물바람을 일으켰어
끼익끽 깊은 고동 소리를 냈어

엄마 고래는 숨이 바쁜 애기 고래를
등에 업어서 온몸으로 치고 밀어내는 거야
아가 숨을 멈추면 안 돼
남방돌고래가 하늘로
떠올랐다 말았다 하는 것을 봐
돌고래는 돌고래대로 죽을락 살락

겁나는 게 뭐야
엄마 등에 업힌 돌고래처럼
배꼬리에 묶여서도 잘도 가는 돌고래처럼
난 필사적으로 배의 날개에
아기를 단단히 묶었어
바다새도 물고기도 잡아채지 못해야 해
나는 바다로 뛰어들고
아기는 파도와 놀고
떠도는 섬처럼 애기를 배에 띄웠다니깐

무장도 없는 애기가 홀로 옹알옹알 노래 불렀어
대책도 없이 아이를 뱃전에 묶고
파도의 심장 위로 우린 계속 전진한 거야
조바심도 오르락내리락
대신 내어줄 등이 없잖아
우리는 엎치락뒤치락 치고 나갔어
아기는 함박함박 웃고 있었어
고래는 애기 고래를 업고
나는 나의 아기를 업고
한바탕 하늘 땅 출렁였어

한 생이 그렇게 하늘 땅 와당거렸어

너는 내 등을 타고 나는 파도를 타고

해녀 오홍자

가라앉지 마
가라앉지 마라
어미 고래는 죽은 새끼를 등에 업고
50킬로를 헤엄쳤다지
나도 그런 어미가 된 적이 있지
물에서 까무라친 친구를 등에 업고 온단 말야
하늘 향해 얼굴 쳐든 이년아
절대 죽지마라 아서라, 명심해라
절대 숨을 놓지 마라
네 등도 미끈 내 등도 미끈
미끈 세상 자칫 한 방에 가는 거야

물옷의 등 지느러미에 태운 내가
물을 밀어가는 동안
너는 제발 내 등에 붙거라
미끄러지지 마라
내 등에서 크게 등 호흡의 힘을 내거라
끌어당기는 네 웅덩이에서 너는 빠져나와야지
홀로 스스로, 그리하면
그쪽에서 밀물이 겨울을 밀어내겠지
힘이 빠지면
여린 바다의 싹이 밀고 나올 테니

그렇게 잠시만 참거라
너에게 파도에게 나는 주문을 했다 제발

나는 너를 태우고 파도는 나를 태우고
나는 파도를 타고 파도를 밀면서 솟았다

파도를 다스리는 법을 알기에
물에서 집으로 가는 길을 알기에
제발 미끄러지지 마라
마침내 우린
우리의 집에 이르렀다
아무도 묻지 않았지만

우린 그렇게 생존하였다
생존이라니?
(그 겨울 행방불명 아버지의 헐거운 이빨이
못처럼 박혀 나의 생존은 내내 아프다)

그리고 나는 믿는다
힘과 힘은 그렇게 전해진다고
본 적은 없지만 어미 코끼리는
웅덩이에 빠진 새끼 코끼리에게 다가가

코를 흔드는 것만으로도
힘이 전해진다지

비정한 모살판의 그대를 만나

해녀 오순아° 2

동지섣달 표선 모살판
다닥다닥 하얀 모래 휘덮인
당신을 만나고 말았습니다
서른 날에 서른 날 보태
털어내고 털어내도 들러붙던 모래 알갱이
자석처럼 스윽슥 맨살을 파고들던 그 부스럼
이제 그만 당신, 눈을 떠 봐요
이제 그만 당신, 심장을 움직여 봐요
한 잔 술 부으면 되돌아올까
한 잔 술 부으면 눈 거죽 움직일까
한 잔 두 잔 살살 당신 살에 술을 입히고
문지르고 문질렀어요

기억해요 혼례의 밤 갓 지나고
우리말 서툰 죄로 휘몰아친 미친 바람 속 당신
포승줄에 감긴 손가락이 허공 따라 너울거렸죠
기억해요 산길 돌길 꽉 잡고 넘던 마지막 손의 온기를
떨어지는 모래에선 당신의 냄새가 폴폴 났어요
살갗에 달라붙은 검정 학생복 한 잎 한 잎
맨손으로 모래알 떼 내는 동안 아마도 나는
눈물 구멍 막아버린 물의 눈을 썼었던가요
비척비척 모래의 눈을 단 밤이 다가왔을 때

당신은 어느새 모래바람 타고
바다로 사라졌지요
황망하고 비정한 모래밭 속 갓 스물 당신을 만나
그날의 그날, 기억해요
약속하진 않았으나
당신의 비호가 없었더라면
내 사랑 물의 집 영영 찾을 길 없었겠지요
소금 먹은 달빛이 당신 몸에 닿아
바다 그림자로 스며들 때까지
기어이 당신을 놓칠 수 없던
기억해요
검은 바다에 잠기던, 그날의 취한 모래알
취하지 않고 어떻게
당신을 떠날 수 있었을까요
한 잔 술 안 먹고도
온통 다 취한 양
비정한 모래의 밤을 건너 건너서
이제는 찬란한 물의 집이죠

o

오순아(1930년생, 작고)
4·3시기 열여덟에 결혼했으나 일 년도 채 안 된 갓 스물에 남편이 표
선백사장에서 희생됐다.

피난의 별

오랜 절 덕림사 아래 붙어 모든 게
타버린 후 우린
소리에 휩쓸려
산으로 산으로
곱은다리 어디쯤 숨었어

날씨가 그리 좋았나
오돌오돌 몸은 떠는데
별이 반짝 반짝
하늘 별들만 왜 그리 반짝였을까
"어머니 무사 하늘에 별은 저영 하서?
아이고, 곱은 디 좀좀허라•
저 사람들 알아듣는다"

누릿누릿 보리가 익어
이젠 안 죽는다고 내려올 때도
내려와서도
한 생을 반짝이는
그때 그 피난의 별들

•
어머니 왜 하늘에 별은 저리 많아요?
아이고, 숨었는데 조용해라(제주어)

타다만 동백

나의 몸엔 숨은 폐허가 있습니다
나의 몸에 폐허를 낸 그들은 안 보입니다

다 탔습니다 나의 정원은
내 몸도 탔습니다
다 죽은 줄 알았습니다
타다 타다 남은 내 몸통
움푹하게 패인 내장 깊숙한 곳으로
날마다 날마다
개미 떼가 알을 낳고 집을 지었습니다
나는 이미 살아도
죽은 줄 알았습니다

그런 연후에
홀로 폐허로 가던 내게
어느날 어린 주인이 왔습니다
개미야 개미야 이젠 떠나렴
개미의 집을 허물더니
흡사 수백 년 유물을 발굴한 자의 눈으로
내 반쯤 죽은 몸통을 파고 또 파고
닦고 또 닦았습니다

박박 호미와 삽으로 긁어내더니
깨끗한 내장을 햇볕에 말렸습니다
흉터는 흉터대로
드러낸 만큼 그 자리에
날바람 같은 허기도 채웠습니다
비로소 내 몸에 단물이 흘러
몸통을 돌고 있었습니다 그날부터

기어이 죽지 않았으니
기다리지 않아도 봄이 올 테지
타지 않는 소금처럼

생존

촛불 하나 켜 놓는다는 것
묘비명에 꽃 한 송이 꽂는다는 것
어둠의 집을 허물고
분홍의 소리들로 가득찬 집을 짓는다는 것
방비 없이 당해버린 말과 소에
초원의 풀밭을 준다는 것
어긋나게 죽은 사랑들을 사랑하게 하는 것
헛으로 지은 슬픈 한줌의 빈 묘를 짓는다는 것
춥고 배고팠으니
묘연한 산 사람들을 위한 밥을 지어주자는 것

세상 가장 선명한 신호

벅찬 숨으로 달려도 제자리였어
검은 트럭이 길가에 잠깐 멈췄어
번쩍 엄마의 눈과 내 눈이 마주친 거야
엄마 등에 붙은 아기의 눈동자가
세상 크게 반짝였어
엄마는 그 큰 눈으로 소리 없이 나를 부르더니
크게 끔벅 수 차례 내게 신호를 줬어
내 본능이 시키는 대로
나는 따르륵 집으로 뛰었어

아아 그 밤
엄마 위에 엎어진 아기도 꼬물꼬물
기다가 울다가
언 바위처럼 하얗게 폭설에 덮였대
별도 달도 닿을 새 없이
눈바람이 허공을 휘덮은,
흐르는 모든 것이 빙벽으로 멈췄어

나는 알았어
엄마는 나와 눈이 마주치는 순간
더 이상의 말은 소용없었다는 걸
나는 알았어

작별의 눈빛이 너무나 강력하여서
나의 눈과 그 눈이 세게 부딪힌 순간
그건 바로 목숨 건 신호라는 걸

때로 사람들은 가장 절박한 작별이
눈맞춤이라는 걸 모를 때가 있어
세상의 가장 선명한 신호가
눈빛이란 걸 모를 때가 있어
내게 얼마나 많은 신호가 오갔는지 모를 때 있어

간혹 삶을 건드리는 신호가 올 때
본능처럼 신호가 나를 두드릴 때
사랑도 그런 신호의 일종
아닌가 몰라

문턱

서성이며 기다리셨지
밥 한술 뜨던 순간 그들과 나간 이후
가을걷이 밭으로 간 이후
낚시 들고 바다로 간 이후
명절 준비하러 떠나간 이후
애기 데리러 일본서 온 이후
식량 지고 돌아오던 이후
고산 동산 넘어서
제사 먹고 오던 밤 이후
마지막 발자국을 남기고 떠난 이후
우리들의 집이 잿더미가 된 이후

내 삶은 문턱을 넘지 못했어
자음과 모음의 문턱을 넘지 못했어
선생님을 하지 못했어
판검사 꿈도 못 꿨어
꿈꾸던 사랑도 하지 못했어
길마다 문턱에서 빙글
걸려 넘어지거나

눈부시게 차가운 창문으론
문턱 없는 고양이도 쥐새끼도

끼룩대는데

그런 한 사람
문턱 없는 꽃처럼 피고 지고
바람처럼 새처럼 홀연
세상의 문턱을 넘고서 갔다

문턱을 막지 마세요
문턱 넘고 세상을 들어 올린 사람들
문턱을 밟지 못한 사람들

순간들

밥 한 숟가락 올라가는 순간이었다
잠을 청하던 순간이었다
사랑을 하려던 순간이었다
병풍을 치던 순간이었다
아기가 태어나던 순간이었다
문상을 가던 순간이었다
혼례의 꽃다발을 들던 순간이었다
끝없는 밤의 문을 찢으며 그들은 왔다
작별의 순간들
삶의 순간들

동백의 기초

당신에게 말해도 될까

그런데 왜 횡격막이 시큰거리지
시도 때도 없이 저렇게 작별

이상하지 묻는 것도 죄
어찌할 바 모르는 것도 죄라 했으니
이리저리 물어보는 입도 조심할 일

하도 하도 기막힌 시절
관절마다 콕콕 바늘 찌르는 봄밤이 나는 싫어
꽃이 빨리 졌으면 좋겠어
고사리가 얼른 사위었으면 좋겠어
붉은색이 안 보였으면 좋겠어

가슴마다 안 보고 싶은 풍경이 있지
하륵하륵 쏟아지던 꽃 같은 눈동자들
이번 생은 그저 봄 흐르듯 잊히면 안되나

꽃 놓고 치매하면
잊어지려나

사리의 시간엔

사리엔 만나자
바다로 나가시던 아버지는
말씀하셨다
사리는 바다의 시간
속이 가득 차오르는 달의 시간이다
아버지는 그날 사리엔 만나자 하셨다
바다를 떠난 너희들은 사리가
우리들의 시간임을 잊지마라
물의 시간을 견뎌야 하던 어머니는 물노동을,
바다로 나가던 아버지는 조업을 쉬셨다

매달 그믐은 사리,
서른 날에 한 번인 바다의 시간이다
파도는 맨바닥의 힘을 끌어모아 뒤집는 시간
바람은 온 힘을 다해 파도를 긁어대는 시간
봉쇄된 도시의 감염을 잠재우듯
바다는 온 힘으로 온종일 바닥을 갈아엎었다

이 도시 저 도시로 각자 떠난 우리는
그날 사리엔 조금만 멈추자 했다
사소한 욕망도 사리고 사리엔
꼭 만나기로 다짐하였다

어찌할 수 없는 날엔 가족들의 얼굴을
하나하나 떠올리며 만나자 했다

우린 사리의 시간에 서로가 서로의
안부를 묻곤 한다
우리에게도 서른 날에 하루는
사리의 시간이 필요하지 않은가
바다의 시간인 그날엔
꼭 그러하기로 한다
분별없이 파도치는 우리의 마음도 조금은
사악삭 사리가 되기로 한다

휴

제주 해녀들은 휴를
숨비소리라 하는데
흑산도에서는 휘께소리라 한다지
혹은 가까이 다른 해녀들은
후게소리라고도 한다지
전라도 해녀
경상도 해녀
제주도 해녀가
한 바당에 모여 휴를 풀어낼 때면 어떨까
제주바당 내장 깊은 곳에서는 호~이가
나온다

휴는 물의 숨을
참은 자가 끝내
하늘을 부르는 소리
휘휘 물을 휘젓다 온
해녀들이 삶을 부리는 휘파람
그렇다면 삶에서 휴 혹은 후가 없다면
어쩌지?

우리는 무엇으로 하루를 살지?
무엇으로 숨을 부르지?

가오리에게

왜 이러지 온몸 다 시려 관절은
이미 돌아갈 틈새 없이 울고 있는데
물속에선 학다리 되어 날아다닌다네
들락날락 한 바퀴
이제 중잠녀 지나 대잠녀 되어간다네
여든아홉 물굽이 돌고 돌아
현해탄 건너 고지현, 시모노세키 휘저어 온
물길 팔십 년
미안하여라
네게 못 할 짓 하였구나
내 어찌 알았겠나
단 한 발 나의 삶 앞에 너의 삶이 있었음을
그해 여름,
거대한 날개 하얗게 팔락이며 날아가던,
날아도 그리 날 수 없던 강력한 꼬리
달려도 그리 달릴 수 없는 매의 비행 같던,

기억하지
나 끝내 삼지창 앞세워 모래언덕까지
숨 다한 그 가오리 잡아 올렸네
순간 어찌할 줄 몰랐네
숨 삼키던 새끼 열둘

아, 내가 조금만 일찍
여덟 아이 품었던 몸인 줄 알았더라면
어찌 알았겠나
네 몸에 피어난 그 여리디여린 것들
벌써 내 마음엔 화락 몹쓸 치욕이 달려 들었네
정말 미안하였네

그러니 아우여
그대에겐 행여나 같은 우연이 없길 바라네
아흔의 바다에서 유영하는 내내
왜 그 눈이 내 눈을 덮치는지 몰라
빗발처럼 퍼붓는지 몰라
완강하게 무장한 바닷 것처럼
왜 그날의 우연이 오늘도 내 밤을 따라오는지
몰라 몰랐네

그해 여름 나의 소살에 찔린
그것들의 미래
미안하다 가오리여
미안하다 산 것들아

오래전 사랑

눈비는 왜 그리도 바작바작 왔을까요
가슴에서 눈비 하나 되어 소리나도록
저 산담 옆 억새를 베어 의지해 살았지요

사는 게 그래요
당신 가고 애기 안고
죽지 않으니까 살았죠
그냥 더 갈 곳 없어 친정에 갔더니 어머니가 그러데요
"이 아기 데리고 여기서는 못 산다"
시댁 남의 작은 구들방 빌렸죠

해방되고 집으로 갔더니 집은 사라졌죠
당신과의 약속처럼
그 아기 데리고 당신 가고 없는 집에
그저 그럭저럭 살아가는 생
이리 한 생이어요

우리가 걷고 싶은 길은

우리가 걷고 싶은 길은
바닷길 곶자왈 돌빌레 구불구불 불편하여도
우리보다 앞서간 사람들이 걷고 걸었던 흙길
들바람 갯바람에 그을리며 흔들리며
걷고 걸어도 흙냄새 사람냄새 폴폴 나는 길
그런 길이라네

우리가 오래오래 걷고 싶은 길은
느릿느릿 소들이,
뚜벅뚜벅 말들이 걸어서 만든 길
가다가 그 눈과 마주치면
나도 안다는 양 절로 웃음 터지는 그런 길,
쇠똥 말똥 아무렇게나 밟혀도 그저 그윽한 길

느려터진 마소도 팔랑팔랑 나비도
인간과 함께하는 소박한 길
그런 길이라네

정말로 정말로 우리가 가꾸고 싶은 길은
모래언덕 연보라 순비기향 순박한 바당올레
이 오름 저 오름 능선이 마을길 이어주는
하늘 올레 같은

돌바람 벽 틈새론 솔솔 전설이 흘러들고
그 길 위에서 아이들이 까르르 소리내면
제주섬 올레도 따라 웃고,
팽나무 등걸 아래 자울자울 할머니
설운 역사 눈물도 닦아주던, 그런 고운 마을 길

그 길 위에 서면
너도나도 마냥 평화로워지는 길

그 길 위에 서면 너도나도 그저 행복해지는
그런 길이라네

하여 우리가 찾는 길은
자꾸만 넓어지는 길,
가쁜 숨 몰아쉬는 길이 아니라
늦어도 괜찮다 기다려주는 길
천천히 걸으면 황홀한 속살마저 보여주는 좁은 길
과거가 미래 향해 열려 있는 길이라네

진정 우리가 걷고 싶은 길은
길 위의 마음 하나

길 위의 사람 하나
하나가 되는 길

흙의 깊은 마음과도 통할 줄 아는 그런 길
사람의 길이라네

이제 그 첫 번째 길 위에
너와 나 함께 서 있네

에필로그

시의 당신들에게, 시 밖의 당신들에게

여자들과 아이들을 위하여

눈오는 한 밤, 비로소 나를 툭 치는 당신의 소리가 들렸습니다. 그것은 그저 미뤄둔 숙제처럼 나를 치는 것이어서 가슴이 턱 막히는 것이었습니다. 왜 이리 눈이 쌓이는 것을 그저 바라만 보듯, 층층 목소리만 쌓이게 둘 것인가. 스스로에게 되묻게 하는 질문의 일종이기도 했습니다. 내가 알던 그 백 살 여인의 목소리가 들렸습니다.

당신의 목소리는 이따금 시도 때도 없이 나에게 말을 걸어옵니다. 그저 듣는 사람이 아니라 듣고 기록해달라는 그 소리들. 아침에서 저녁까지, 봄에서 겨울까지 함께 하고 있었습니다. 눈보라에 빠지듯 나와 말을 걸었던 그 목소리들이 내 주변에서 풂풂 배회하고 있습니다.

그렇습니다. 그 겨울의 눈폭풍을 통과한 여인들은 쓸수도 없고, 말할 수도 없습니다. 기록을 한다 하여도 어느 말은 하고, 어느 말은 빼야하는 지를 모른다 하였습니다. 어느 말은 앞세우고, 어느 말을 나중에 세울 지 몰랐습니다. 그러니, 문자를 쓴다 하여도 문자가 나오지 않는 소리 없는 전쟁이란 것.

많은 기억의 사람들을 만났겠지요. 다 말할 수 없습니다. 그러니 안다고 할 수도 없습니다.

앞서거니 뒤서거니 말들을 다 세우고 싶었으나 헛된 욕망이란 것. 알아채는 데는 그리 오랜 시간이 필요하지 않습니다. 지상에 온 누구나의 시간은 유한한 것이어서, 나의 시간도 무한하지 않은 것이어서, 당신들 시간의 길도 그리 멀기만 한 것이 아니어서.

스스로 길고도 끈질긴 기억 전쟁을 벌이는 당신들의 기억을 어떻게 다 만날 수 있다는 건지. 그러나 어디서든 죽은 자들의 자리는 있을 것이고, 그 영혼들은 죽지 않는 꿈의 자리에서 있을 거라는 희망 한 조각. 시가 당신들에게 보내는 위안이라 한다면 어떤지.

기억이란 것은 예고도 없이 사라져 가는데, 요양병원의 인공 호스에 갇혀 나오지 못하는데, 무엇을 안다 할까. 어느 순간 벽에 기억을 치던 소녀처럼 청량한 목소리의 그녀도 어느날 요양병원에 들었습니다. 팔순의 그녀는 자주 노래를 불렀습니다. "일곱 살에 가문이 절멸했는데／밤은 끝없이 이어지는 기억이어서(《그녀에게》 부분)" 그토록 사나운 계절에 아버지는 산에서 얼마나 추웠을까 되뇌이던 그녀의 고독을 기억합니다.

4·3의 소리들은 참으로 강력합니다. 1947년 3월 1일부터 1954년 9월 21일까지 길고 긴 이 시간 속의 제주를 돌아봅니다. 제주 사람 열 가운데 한 사람이 죽고 어디

서 죽은지 모르는 사람들입니다. 가난하나 웃는 날이 많았던 마을 곳곳 젊은 그들. 아름다운 청춘들이 '사상에 저울추 달아' '죄와 상관없이' 제주 섬 밖의 감옥소거나 옥문 열고 한꺼번에 겹쳐진 주검이거나, 그 어느 광산이거나 계곡이거나 바다 혹은 숲이거나, 돌바닥이거나, 상상 못 할 어디 어디에서 방치된 낙엽처럼 겹쳐졌습니다.

오래도록 사납게 몰아치는 파도 속에서 살아낸 여인들을 만났고, 한없이 대양처럼 그릇이 컸던 여인의 가슴들을 만났습니다. 다시는 돌아오지 않을 그녀들의 목소리가 말합니다. 어쩌면 이 시의 당신들은 불바다 속을 살았던 당신의 어머니와 어머니입니다. 봄꽃의 계절에 4·3을 만나 몰아치는 눈보라 속을 살아야 했던 그런 여자들. 당신들의 할머니, 어머니들입니다.

4·3의 불 속에서 여자들은 남편 없다는 이유로 폭도각시, 보리쌀 한 되 주었다고 폭도가 되었던 여자들입니다. 그들의 가슴 한쪽은 바닷물 속에 있고, 그 한쪽은 화염 속에 있고, 그 또 한쪽은 어둠 속에 있었고, 또 한 조각은 굶주림과 추위 그리고 뜨거움을 품고 있었습니다. 그럼에도 가장 강력한 생존의 이유는 '묘비명에 꽃 한 송이 꽂는' 것들입니다. 부둥켜 안았던 미래인 아이들이었습니다.

그날 이후, 삶은 예고 없는 함정이 도사리고 있는 영화보다 더 현실입니다. 어느 순간 한 인간의 모든 것들이 날카롭게 제압당했습니다. 가족사가 전선줄 끊어지듯 당했습니다. 부당하게 인간의 존엄은 뭉개지고, 짓밟히고, 산산조각. 그러니 어느 섬 어느 구석에선들 죽은 자들이 "내 말 좀 들어봅서" 소리가 바람의 소리로 웅웅거리지 않고 견딜까요. 고아가 아니어야 할 아이들이 졸지에 고아 되었고, 여자들의 이름은 누구누구의 처이기도 했고, 출생 신고를 못 한 아기들은 '명미상'이 되었습니다. 호적은 뒤죽박죽되었습니다.

절대 죄지은 적 없기에, 죄 없이 죽었다는 목소리들. 국가는 어디에 있었는가. 그 부당함에 대한 준엄한 목소리들입니다. 그날 이후의 사람들은 또 살아도 산 것 아닌 삶이 기다리고 있었던 것을 알까요. 얼마나 있어야 그 바다의 기록들을 문자로 기록할까요.

또 한 여자. 그녀의 가슴엔 어쩌다 홀로 떨어져 밀려가고 밀려오던 숲의 날들, 생사의 피난 굴들 또렷합니다. 어째서 그렇게 춥고 시린 기억들이 온 생을 지배하는가. 그녀 역시 모를 일. 이리저리 산발한 채 헤매던 열일곱 소녀가 함께 살고 있었습니다. 4·3에 총 맞은 사람보다 목격자의 눈은 지독한 것이어서 트라우마가 휘돌고 있습니다. 서우봉 앞 바다를 지날 때는 총맞으러 가던 언니들 둥둥 뜬 그녀들을 봅니다. 열일곱 소녀가 모래밭에 드러누운 꿈을 꿉니다. "그러니까 난 이미 굴을 떠난 줄 알았어/고사리 가는 대로 졸졸 따라왔을 뿐이야/우는 소리를 따라왔어/굴이 울고 있는 거야"(〈굴이 울다―차경구〉 부분)

느닷없는 날벼락에 갓 태어날 아이의 아버지를 뺏겨버린 한 여자의 노래. 일생 무지막지 토벌대의 발길질에 후유장애를 겪었으나, 그것을 삭히던 여인의 그리운 사랑을 향한 노래이기도 합니다. "난 모자 쓴 여자/날마다 활활 타오르지/한밤중/화산 같은 사랑 하나 이고 살아서"의 노래입니다(〈모자 쓴 여자〉 부분).

생각들. 사라지더라도 이미 떠난 슬픈 영혼들은 그들의 자리에 있을 것이고, 또 꿈은 죽지 않아서 사랑하는 견디며 산 자들의 꿈에서 서성이고 있을 겁니다.

아이들은 이미 참는 법, 견디는 법을 먼저 배웠습니다. 안 보고도 감정을 읽어야 했죠. 텅 비고 적막한 가운데 아이들이 있었고, 말하지 말아야 한다는 그날의 일들 "속솜하라" 입을 가리던 어머니의 소리 속에 이미 아이들은 있었고, 무엇이 비밀인 것도 알아버렸습니다.

하늘을 쳐다보고 달과 별과 대화를 나눠야 할 아이들은 고개를 숙이고 제압하는 군홧발에 고개를 숙이고, "엄마를 살려주세요" 두 손을 싹싹 빌어야 했습니다. 울어선 더 안 되었습니다. 눈부시고 찬란한 이러한 봄날이 아이들에게 없었습니다.

사람은 상황에 따라 충분히 변할 수 있는 힘을 가진 존재라는 것. 거기엔 4·3의 복판에 태어나고 도망치던 아이들이 증인입니다. 안 봐도 될 주검들을 건너온 아이들은 그러나 그냥의 봄날이 아니고, 그냥 그대로의 아이가 아니었던 겁니다. 여자들만 엄청난 괴력을 보여주지 않았습니다. 그 시절의 아이들도 그렇습니다. 아이들은 철을 잃었습니다.

죽음을 눈앞에서 경험했던 여섯 살의 기억. 한 남자의 그 기억은 지금도 깊은 우울입니다. 그것을 꺼내놓는다는 건 고통이어서 듣는 이에게도 큰 고통입니다. 겪지 말아야 할 그날들을 겪어야 했다는 것. 그러니까 생애한 번도 아니고 두 번이나 그 모습이 어린 눈동자에 박혔습니다. "당신은 상상할 수 없을 겁니다"란 말은 다음의 장면이 나오지 않아도 필시 그럴 것이란 짐작을 하고도 남음이 있었습니다.

사람의 세상이라 할 수 있을까요. 총소리에 놀란 아이들은 밥 먹던 숟가락 던져두고 달려 나갔죠. 어머니는 그녀 어머니의 마지막을 목격하였고, 또 그런 어머니의 활활 타는 화병을 어려서도 느꼈고, 총 맞아 죽은 것이 차라리 행복하겠다 생각했다는 오사카의 여인. 그녀들의 말처럼 트라우마 역시 계승해 버린 산물입니다.

그 시절의 아이들. 그러니까 '울어야 할 철에 울지 못했던 그런 아이들' 맞았습니다. 불 탄 집 아이들은 먹을 것이 없었습니다. 불 안 탄 집 아이들이 먹는 보리 미숫가루도 너무나 먹고 싶었습니다. 소녀들은 할머니, 어머니, 오빠, 언니가 갑자기 되어야 했고, 스스로 '밭갈쇠'였습니다. 한 번도 배운 적 없는 손녀에게 두렁박 혹은 바구니 하나 던져주고 바다에 가 미역하고 오라던 할머니의 마음은 모를 일입니다. 먹을 입 하나 덜자고 애기 없는 할머니 할아버지 식모로 보내 여덟 살에 불볕 아래 조밭 김을 매야 했던 철 잃은 여자아이나 항아리 등 짐 지고 온 섬 구석구석 팔러 다니던 '알항 같은 아이'도 그 시절의 아이들입니다.

그런데도 아이들의 빛나는 순수는 어디서든 희망의 뼛조각 하나입니다. "별 하나가 무사 경 반짝 반짝헌 거라” 하는 구순의 여인(《피난의 별》). 숲에 숨은 언니는 “삼 동 열매 타 먹다 와” 보랏빛 입술, 그게 너무나 부러웠던 아이, 꿩 알 하나 숨겨 놓고 그 알이 깨져 엉덩이 젖어버린 게 창피했다던 어린 상주도 그때의 아이입니다.

때로 상황은 인간에게 초인적인 힘을 주기도 합니다. 인간의 그 모든 역사가 들어있는 4·3의 불바다는 바로 그 증거입니다. 여인들은 그야말로 불 속을 뚫고, 파도를 뚫고 있는 힘을 다 해 집채 만 한 궤짝 하나를 마당으로 던졌고, 무쇠솥을 마당으로 던져 놓았습니다. 그건 힘이 아니고 마법의 힘. 여인들은 어떻게 그 시절 장대높이 선수처럼 그렇게 높은 담을 뛰어넘었는지 모를 일이고, 어떻게 헤엄도 못 치는 아이가 물속으로 잠수할 수 있었단 말인가 스스로 신기하다 합니다. 아무도 없는 캄캄한 밤, 홀로 남겨진 어린 남매는 생존이 유일한 희망, 살린 건 유전적 어머니의 사랑 하나입니다.

그 시절, 수도 없이 굶주림이 아우성쳤습니다. 허공의 푸른 날개가 굶주림을 낚아채려 했습니다.

아, 삼발이를 아시나요? 배가 고파서 쥐 고기를 먹었다거나 배 불룩 나온 남동생 병에 특효약이라 쥐 고기,

그것을 먹여야 했던 날. 그것도 이제는 바람의 노래입니다. 그 한 숟갈의 밥을 먹지 못해서 갸웃갸웃 죽어가던 아기들의 노래는 때로 바람의 노래로 옵니다

'밥을 먹으면 살아지려나/한 숟갈 먹으면 살아지려나' 노래하던 막냇동생을 기억하는 구순 언니의 눈빛은 허허롭습니다. 그리고 그 동생의 흥얼은 바람으로 옵니다. 또한 '배고파 죽은 막내의 흥얼이/아침의 싸락눈으로' 옵니다(〈바람의 흥얼〉 부분).

4·3이란 부호만 나와도 가슴이 탕탕탕 친다는 깊은 트라우마는 이제 생과 함께 담담하게 갑니다. '죽으러 가는 길/당당 노래하며 걸어가셨'던 어머니를 그리는 그 유년의 아들은 그 겨울의 눈폭풍이 너무나 서럽고 야속한 것이기도 했습니다. 진달래꽃 냄새를 맡아야 할 아이들이 송장 냄새를 먼저 맡아야 했고, 불에 탄 집 아이들이 되어야 했습니다.

죽음 앞에 선 아버지의 주먹밥을 만들어 보냈던, 이미 상황이 어른으로 만들어버린 심부름 소녀 열한 살 옥자는 사진 속 아버지와 말을 합니다. 표선모래밭 그해 겨울 광기의 날. 아버지 삼형제 일시에 스러졌습니다. 유일하게 남겨진 흑백 사진 한 장. 그 속에 아버지는 중절

모 쓰고 딸과 키를 맞추며 멋진 미소를 날리고 있습니다. 그 곁에는 꽃을 든 다섯 살 딸. 일본 무사시노라고 명기한 사진의 뒷면. 펜으로 쓰던 아버지는 행복했던 소풍의 한 장면을 오래 간직하고 싶었을 겁니다. 수많은 옥자들의 가슴에 사진 한 장 없는 아버지, 오빠가 삽니다.

시 한 방울

적어도 시의 의무는 역사의 의무와 다르지 않을 겁니다. 시 역시 목소리를 기억해야 한다는 자명한 사실. 인간 존재가 기억의 종착역에 도착하기에. 기억이 사라져도 시는 기억해야 하고, 또한 그리 해야 한다는 것을 시는 믿기에. 그렇게 누구나 사라져 갈 것이기에. 시도 사라져 가겠지만. 어디선가 또 그것이 다른 싹으로 다시 태어날지 모를 일입니다. 그래서 당신들과 시는 한 몸입니다. 그래서 이 시는 그날의 여자들과 아이들에게 보내는 봄날의 한 이파리일지도 모릅니다. 기억의 외딴집에서 당당하게 나와 같은 봄날의 마당에 서기를 바라는 그 마음 한 조각.

또 하나, 그럼에도 그치지 않는 눈물을 한 방울로 담아내려는 시도인 듯합니다. 알죠. 그렇게 단박의 한 방울이 되기란 얼마나 어려운 것이란 것도. 해서, 이 시가 그녀들과 그날의 아이들에게 작은 한 방울이어도 좋겠다는 마음 한 조각이길. 적어도 그 소리들을 시는 기억한다는 것. 소리들이 희미해지고 기억이 사라져가도 시는 스스로 사는 날까지 당신들의 생을 기억할 것이기에. 그리고 그것을 기억할 때 비로소 자유가 된다는 것을.

내가 기억을 놓쳤을 때, 시는 어느 날 내게 말을 걸어온다는 것을 느낍니다. 당신의 말 못 하는 진실을 시는 진술하고 붙들고 있기 때문입니다. 해서 시가 말한다면, 참혹했던 그해 겨울 사라진 사람들, 그 후 살아낸 사람들, 천둥의 밤을 지나온 이들에게 비로소 따스한 별빛이 닿기를.

해명海鳴의 여운 같은 진동,
경악하며 읽었다

김시종(재일 시인)

충격을 받는 시 작품을 때때로 만나봤지만, 내가 참으로 경악한 시집은 허영선의 《법 아닌 법 앞에서》·《우린 천둥의 밤을 지나온 자들이어서》가 처음이다. 시집의 내용이 몹시 격한 감정을 담은 시구로 이뤄져 있다거나, 일상적인 생업에까지 4·3사건이 착 달라붙어 떨어지지 않는 주제 의식의 흔들림 없음에, 내가 놀란 것은 결코 아니다.

신구新旧 가톨릭에서 천황을 숭배한 일본의 15년 전쟁 종결까지 세계를 석권했던 정신주의를 향한 반성을 근거로 '현대시'는 사고思考의 가시화를 지향해 왔다. 심정의 공감과 정감의 유포를 최대한 배제해 왔던 것이다. 그런 풍조는 당연히 전달 기능으로서의 음감, 청각, 어운, 어조와 관련된 고찰을 배제하는 것으로 이어졌다. 사실대로 말하자면 청각을 개재한 전달 기능은 '현대시'에는 힘에 겨운 문제였다고 할 수 있다.

나는 식민지 언어인 '일본어'를 배우며 자란 자이기에 '사고의 가시화'에는 유난스러울 정도로 집착해 왔다. 그런 내가 어찌 된 일이란 말인가. 허영선의 이번 시집을 읽으며 자연스럽게, 음독하고 싶은 욕구에 사로잡혀 저도 모르게 시를 낭독하고 있었다.

요컨대 내 사고의 가시화를 충족할 정도의 가시력이 시행의 '노래歌'가 돼 그곳에 그득 차올랐다는 뜻이다. 공감의 정감을 기대하며 독음하는 것이 아니라, 심정의 깊은 속에서 욱신거리는 허영선만의 율동감이 낭독을 재촉해 마지않았기 때문이다.

나만이 아니라《법 아닌 법 앞에서》·《우린 천둥의 밤을 지나온 자들이어서》의 페이지를 넘기는 독자는 반드시 낭독하고 싶은 욕구에 사로잡힐 것이다.

작은 시냇가 얕은 여울처럼 눈에 띄지 않는 어운과 어조로 항상 자신을 향한 반문이 여울 물소리를 내는 시집. 도민의 목숨까지 반공이라는 논리로 짓밟고, 총기 사격의 불길로 불태워진 향토의 원통함을 허영선은 자연스러운 이미지로 이어지는 낭독의 진동vibration으로 계승하고 있다. 음운의 영역이라 해도 사고의 가시화는 가능하면서 현대시가 오랜 세월 감춰온 세계적인 과제인 음운의 효력을 고요히 울려 퍼지게 하고 있다.

더욱이 눈을 휘둥그레 만드는 것은 고향의 토착어가 같은 어조, 음절 안에서 표준어인 모어와 어깨를 나란히 하는 점이다. 고향을 향한 사랑이 얼마나 깊어져야 언어는 변증법적 지양Aufheben으로 고양되는가.

이 시집은 4·3사건에 대한 끝나지 않는 기억. 이것을 계승하는 자를 겸허히 만들고 만다. 거기에 사유의 깊이를 바다 울음海鳴의 여운처럼 진동시키는 음운音韻의 힘.
어찌 경악하지 않을 수 있겠나.

곽형덕 옮김

우린 천둥의 밤을 지나온 자들이어서

4·3 레퀴엠

1판 1쇄 발행   2026년 3월 16일

글   허영선
발행인   신혜경
발행처   마음의숲

편집이사   권대웅
편집   조혜민
디자인   장소희
마케팅   오세미

출판등록   2006년 8월 1일 (제2006-000159호)
주소   서울특별시 마포구 와우산로30길36 마음의숲빌딩
              (창전동 6-32)
전화   (02) 322-3164~5 팩스 (02) 322-3166
이메일   maumsup@naver.com
인스타그램   @maumsup
용지   월드페이퍼(주)
인쇄·제본   (주)교보피앤비

ISBN   979-11-6285-186-9 (03810)